PERVERSIDADE

Floriano Guerios
Bia Motta
Lucas Zavarelli

Direitos autorais © 2023 GMZ Produções Editoriais
Todos os direitos reservados.
Os personagens e eventos retratados neste livro são fictícios. Qualquer semelhança com pessoas reais, vivas ou falecidas, é coincidência e não é intencional por parte do autor.

Capa Comum
1ª edição (2023)
ISBN: 9798398620740

Nenhuma parte deste livro pode ser reproduzida ou armazenada em um sistema de recuperação, ou transmitida de qualquer forma ou por qualquer meio, eletrônico, mecânico, fotocópia, gravação ou outro, sem a permissão expressa por escrito da editora.

Design da capa por: Henrique Kipper
Revisão Textual: Bárbara Wieler

ÍNDICE

Página do título
Direitos autorais
Prefácio
Introdução

?	1
I	4
II	11
III	18
IV	40
V	50
VI	56
VII	60
VIII	64
IX	72
X	78
XI	93
XII	112
XIII	123

XIV	128
XV	146
XVI	148
XVII	152
XVIII	157
XIX	172
XX	194
XXI	198
XXII	204
XXIII	208
XXIV	212
Sobre o autor	219
Sobre o autor	221
Sobre o autor	223

PREFÁCIO

Três mentes brilhantes em seu suspense de estreia escrevem sobre o que pode ser um dos maiores medos das famílias. Uma narrativa que mescla momentos de tensão, pavor, com situações surreais e a busca por justiça, e que levam você, testemunha da história, a viajar nas linhas de cada parágrafo.

"PERVERSIDADE" é uma obra-prima arrepiante, daquelas de tirar o fôlego e nos deixar agoniados tal qual os bons thrillers conseguem fazer. Uma fusão de suspense sobrenatural com um toque de noir faz com que você leia cada cena como se estivesse presenciando toda movimentação dos personagens, mas de mãos atadas, sem poder ajudá-los em nada.

Em meio a sonhos, trevas, visões e mensagens sobre-humanas, algo se destaca e nos assombra mais do que qualquer outra coisa: a realidade. Dura, fria, sombria, implacável...

Durante uma viagem pelo país, o que parecia ser a realização de um sonho torna-se o início de um profundo e terrível pesadelo.

Do lado de fora desta obra, estão vocês, leitores de um enredo que, a cada página, mistura um pouco mais o onírico com o real, a fantasia com o que vivemos em situações do cotidiano, e outras cenas e sonhos que nos fazem questionar se o que lemos é realmente uma história de ficção.

"PERVERSIDADE" é tudo isso, e, como diz o título: CRUEL. Deixo aqui um simples conselho, se puder: não esqueça de escutar sua intuição. *Ah*, e mantenha as crianças por perto. Boa leitura.

ADRIANA ALMEIDA
ESCRITORA E TRADUTORA

Uma trama misteriosa, intensa. Impossível não ler até o final.

ANGELA DOMIT
JORNALISTA E APRESENTADORA

"Perversidade" trata dos nossos medos primários, daquele temor que paralisa qualquer pai ou mãe, a ponto de se tornar impensável e indizível. Quando algo de terrível acontece a Laura e um tesouro lhe é roubado, mantemos a respiração em suspenso até chegar à última página... e talvez nem lá voltemos a respirar tranquilamente.

BÁRBARA WIELER
ESCRITORA E REVISORA

INTRODUÇÃO

Uma certa noite, Thomas acordou e percebeu que Laura não estava ao seu lado. Levantou-se e no corredor ouviu a voz dela — estava no quarto de Barbra, ajoelhada em frente à cama, dizendo com um tom de revolta:
"*Por que isso aconteceu comigo?! Por quê?! O que eu fiz de errado, Meu Deus?*"
Imediatamente, ajoelhou-se e a acompanhou em uma oração.
— Senhor, há certos momentos em que parece ser impossível prosseguir. Por favor, dai-nos forças e coragem para enfrentar esse vazio cruel e essa dor infinita...

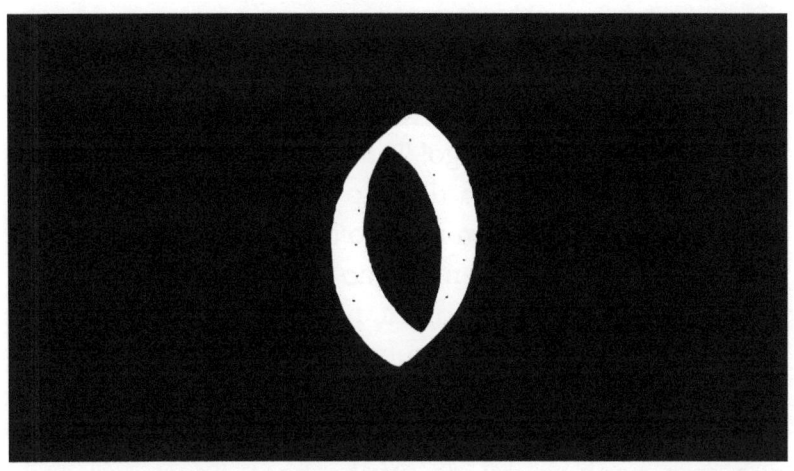

?

Tudo está muito quente, tudo que vejo está quase em brasas. Não sei dizer se são minhas mãos que estão transformando tudo em fogo, ou se meus olhos que me enganam, pois essa fumaça não me deixa ver quase nada! Ando de um lado para outro, desesperada, ofegante, tossindo muito, mas mal consigo enxergar o que está na minha frente, todos estão sumindo no fogaréu, tudo está sendo consumido pelas chamas! Me falta fôlego, o ar está tão quente, não dá para respirar direito, me sinto sufocada! Senhor, me ajude, estou morrendo de medo, não consigo encontrar ninguém, nenhum conhecido, muito menos a saída, estou completamente sozinha, nadando num mar de fumaça, tentando desesperadamente abrir caminho por entre essa cortina de fogo! Tento sair correndo, mas não consigo encontrar uma direção certa a ir, fico para lá e para cá, mas, por algum motivo que não entendo, parece que acabo voltando sempre ao mesmo lugar, perdida, gritando seu nome, não, eu não consigo lembrar seu nome, mas ela é tão pequena, tão frágil, como pode transformar minha vida e esse lugar neste inferno?

Grito muito, muito mesmo, mas tenho a sensação de que som nenhum sai da minha boca. Tento ver onde estão as crianças, meu Deus, havia tantas crianças aqui, onde elas foram parar? As labaredas estão derretendo e derrubando tudo ao meu redor... mas tudo parece estar em câmara lenta...

Ao meu lado, uma viga parece quebrar, toda a madeira está incandescente, preciso sair daqui logo, não quero morrer aqui! Mas preciso salvar a todos, onde eles foram parar? Como é mesmo o nome dela, parece com algo forte, como o nome de uma guerreira, qual é o nome dela? Estou agitada, angustiada, em pavor com tudo que está acontecendo ao meu redor, fogo, brasas, fumaça, onde será que está o menino que segurava a mãozinha dela? Sim, ele estava ali, eu sei, eu vi, bem do lado dela! Falta mais alguém, não, faltam várias pessoas, onde elas foram parar?

Ah, sim, onde estão os dois homens que estavam ao meu lado? Caramba! Como é mesmo o nome deles? E quem são? Para onde foram? Olho para todos os lados, a fumaça continua expandindo. O calor aumenta, me acudam! Quero sair daqui! Alguém me ajude, pelo amor de Deus! Socorro, preciso encontrá-la, não consigo lembrar seu nome! Ela, a menina, é a faísca que desencadeou tudo isso, silhuetas a acusam, mas não vejo ninguém, só escuto suas vozes. Não, não fiquem bravos com ela, grito para todos, sem que me deem nenhuma resposta, eles também estão perdidos dentre a fumaça, ajudem! Ela precisa ser encontrada!! O desespero só vai ficando cada vez maior, gritos sem som, o calor, as labaredas ao redor... a menina não está em nenhum lugar, e onde foi parar todo mundo que estava aqui também? Por que este lugar está assim vazio? Não deveria haver outras pessoas aqui perto de mim, tentando escapar do inferno que se tornou esse lugar? Que lugar é esse? Eu já vi em outra ocasião, o que foi que aconteceu aqui? Onde ela está?

Um homem toca meu braço. Não sei se realmente o conheço, não lembro seu nome. Dou um grito, porém desta vez consigo me escutar no susto que levo em perceber que novamente tenho o mesmo sonho, mesmo depois de todo esse tempo. Choro de alívio e de tristeza.

Será que algum dia todo esse pesadelo irá acabar?

I

...quando estávamos programando uma viagem para passar algum tempo em Longwoods, fomos surpreendidos por um vírus mundial que havia encontrado uma brecha para novamente ameaçar o status quo e o futuro da nossa sociedade. Lembro de meu pai mencionando histórias que meus avós contaram a ele sobre uma "doença" que matou milhões de pessoas ao redor do mundo no início do século passado, e tal fato deixou a mim, particularmente, que lembrei dos horrores que ele relatou, e a todos muito preocupados de que fosse novamente a tal gripe. Meu pai... ah, que saudades tenho das suas histórias... de seus pontos de vista... ele, com certeza, estaria preocupadíssimo com nossa família e com toda a mudança que o mundo vinha vivendo em função desse novo vírus. E esse novo fato, claro, acabou mudando nossas vidas e rotinas completamente. A única saída eram as ligações de vídeo, para podermos matar um pouco da saudade da família e amigos, em especial, minha amiga, confidente, meu porto seguro, Elizabeth. Suas conversas nos ajudaram muito a manter a sanidade enquanto tivemos que ficar isolados em casa. Sua amizade foi, e ainda é, um dos maiores sinais de que algumas pessoas são verdadeiros anjos colocados em nossas vidas para nos proteger, cuidar e amar em todos os momentos.

Foi nesse período também que comecei a perceber nuances em Thomas que tinham ficado um pouco obscuras até então. Seu modo cético de encarar as coisas, não acreditando muito nas histórias para dormir que eu contava às crianças, era um dos fatores que me deixou muito chateada com ele. Tínhamos todo o amor do mundo pelos pequenos, mas na visão de meu marido, contar histórias fantasiosas para as crianças as faria crescer com uma percepção irreal do mundo. Tal comentário fez com que uma mágoa muito grande tomasse conta de mim, afinal, no que realmente ele acreditava então? E se eu contasse para ele sobre minhas experiências na infância? Ele também não acreditaria em mim? Uma certa insegurança sobre nossa relação começou a crescer, e mesmo sem perceber, me afastei um pouco dele. Meu foco eram as crianças. A infância delas não poderia ser afetada por conta da incredulidade de meu esposo.

Para reduzir os impactos negativos do vírus, fizemos o possível, como pais, para criar um ambiente familiar e educacional seguro e produtivo para as crianças. Montamos um plano de estudos e momentos de qualidade e lazer para desfrutarmos em família, mesmo que somente em nossa casa.

Thomas criou um curso para expandir suas palestras online para que pudéssemos manter nosso padrão de vida durante os percalços financeiros que inevitavelmente poderiam ocorrer nesse período. Eu não me interessei muito por sua nova atividade, o que – percebo agora – foi um erro grave. Mas estava muito chateada com ele sobre a forma como agia quando das histórias para os pequenos, e, confesso, me comportei como uma pessoa magoada e me afastei dele nesse período. Ele ficava horas no telefone, fechado em seu escritório em casa nas suas conferências, e eu não me importava muito com o que pudesse estar acontecendo por ali.

Quanto a mim, continuei os atendimentos de modo híbrido, em casa, no hospital, e visitando alguns pacientes somente em casos urgentes.

Depois de tanto tempo enclausurados em casa por causa de pandemia, enfim, a liberdade! Thomas tinha algumas férias a vencer, e eu tirei uma licença por algumas semanas do hospital. Precisávamos ficar longe de nossa casa, pois trabalhar remotamente é tão ou mais cansativo do que ir até nosso local de trabalho! Ter um motorhome era um sonho antigo de nossa família. E, após tempos falando sobre essa ideia e fazendo milhões de planos sobre como seria nossa primeira viagem juntos explorando novos horizontes, era difícil de acreditar que a tão sonhada casa sobre rodas estava ali na nossa garagem, e o nosso desejo iria finalmente ser realizado.

Passamos o dia anterior limpando o motorhome e organizando todas as nossas malas e apetrechos em nosso lar adaptado para as próximas semanas. O clima estava ameno e tudo parecia perfeito para a nossa partida. Tudo parecia bom demais para ser verdade, e justamente isso era o que me causava certa aflição. Esse era o início de uma longa viagem que teríamos pela frente, viagem esta que mesmo antes de seu início já me remetia a memórias, sons e cheiros da minha história de vida, assim como a uma certa sensação de insegurança.

As recordações que tive de meu pai durante o tempo em que ficamos de quarentena me fizeram resgatar muitas coisas de minha infância, talvez pelo que ele contava a respeito daquele vírus, ou mesmo por saudosismo.

Eu nasci em um pequeno condado chamado Longwoods, no Mississipi, num verão mais quente que o normal. Minha pele alva em contraste com meus grandes olhos escuros chamou a atenção das enfermeiras da maternidade, e diziam que eu havia puxado o queixo de papai e os cachinhos de mamãe.

Meu pai era Alfred Dawson, um homem alto,

imponente, forte por conta de todo seu trabalho, sobrancelhas grossas, queixo redondo, calmo, fala firme, segura, pausada, com – segundo minha mãe – os olhos azuis mais lindos que ela já havia visto. Minha mãe, Susan, era uma mulher com um coração gigante e muito trabalhadora. Ela tinha estatura baixa, rosto oval, nariz arrebitado, cabelos loiros, compridos, e dona de belos e profundos olhos castanhos. Eram pessoas muito simples e humildes. Trabalharam duro para ganhar a vida.

Morávamos nós quatro em uma pequena casa de dois cômodos.

Havia também meu irmão Steve, três anos mais velho que eu, olhos verdes, ombros largos, esbelto, um rapaz alegre, brincalhão, responsável, estudioso e prestativo.

A renda que meu pai ganhava por semana como operário em uma fábrica de materiais de construção mal dava para pagar o aluguel da casa e comprar algumas das necessidades básicas.

Como o salário dele era muito baixo, minha mãe fazia nossas próprias roupas, e plantava frutas e verduras para o nosso sustento. Além disso, trabalhava como empregada e costurava na casa de pessoas mais ricas para completar a renda. Várias vezes, meu pai cortava lenha para alguns vizinhos.

No quintal de casa, um local simples e pequeno, mas extremamente aconchegante e divertido, meu irmão Steve e eu gastávamos boa parte de nossa energia com bolas feitas de meias ou castelinhos de terra que eram sustentados pelo barro úmido. Eram horas e mais horas de uma diversão pura, verdadeira, e até rara nos dias de hoje. Ainda me lembro desses momentos com uma ternura que chega a aquecer o coração todas as vezes quando, ao chover, sinto aquele cheirinho de terra molhada entrando pelas minhas narinas. Tais momentos me fazem entender e crer que, realmente, o tempo é mesmo relativo quando estamos sentindo tamanha nostalgia nos invadindo através de ondas e mais ondas de emoções e memórias. O sentir nos eleva e transporta para universos inimagináveis, nos quais nossa realidade é confrontada com possibilidades impossíveis de serem concebidas e compreendidas pela nossa vã filosofia.

Ah... se ao menos hoje pudéssemos ter a oportunidade de poder confiar nas pessoas...

A gente podia ir à casa de qualquer vizinho sem medo algum de assaltos, sequestros, ou coisas do gênero. Nossa mãe me pedia para ir ao armazém sozinha, sem nenhuma preocupação. Tempos em que todos os vizinhos se conheciam como se fossem parte da família. Nós saíamos em turmas para ir ao cinema ou a uma festa de aniversário, e voltávamos para casa de madrugada, sem nenhum medo de colocar nossa integridade física em perigo...

Oh, que tempos maravilhosos!

Por que, por que, meu Deus, o que fizemos de tão grave para passar por isso? Por que justo conosco?

Nada explica essa dor, esse vazio gigantesco! Que tortura! Minha vida se transformou naquele momento!

Não é preciso mais do que um piscar de olhos para que

nossas vidas mudem completamente.

II

Não é preciso dizer que as crianças mal dormiram naquela noite, tamanha a ansiedade. Por sorte, as camas dentro do motorhome eram bem confortáveis e um pouco de sono durante a viagem ajudaria muito os pequenos; ainda mais considerando o fato de que nunca haviam ficado tanto tempo dentro de um veículo assim.

Durante as primeiras horas na estrada, já era possível entender que aquela seria uma viagem especial e única, em diversas formas. Cada quilômetro apresentava uma nova descoberta, uma nova história, paisagens e cenários que as crianças conheciam apenas da TV. Cantávamos, ríamos, brincávamos e parávamos esporadicamente apenas para tirar algumas fotos em algum ponto turístico específico e também movimentar um pouco mais nossos corpos ao ar livre. Apesar da ansiedade para chegar ao nosso destino e encontrar o restante da família, buscávamos aproveitar ao máximo cada precioso momento daquela experiência que, já logo em seu início, era tão única e significativa para nós.

É certo que irmãos brigam. É a lei natural. Eventualmente, há qualquer desavença, seja pela disputa de um brinquedo, seja pela atenção dos pais, ou mesmo por pura rebeldia. O tempo passado juntos na estrada foi um teste de tolerância para Barbra e Eddie. Por mais que sua amizade fosse verdadeira, estar confinados em um espaço tão pequeno testava a cada milha suas paciências em atitudes muitas vezes tão insignificantes para nós, adultos. Steve e eu não agíamos diferentes. Tínhamos nossas desavenças, sim, fosse pelo que fosse, afinal nossa diferença de idade não era muito grande, apenas três anos. Lembro que em uma das ocasiões, meu pai construiu uma casa na árvore para meu irmão brincar com seus amigos da redondeza. Eu, com ciúmes da privacidade que foi dada a ele, em uma tarde, quando Steve estava na escola praticando esportes, passei sorrateiramente pela cozinha, aproveitando que mamãe estava recolhendo a roupa do varal, e me dirigi à árvore, correndo o máximo que minhas pernas podiam aguentar. Subi rápido a pequena escada que dava acesso ao tão desejado clubinho que meu irmão havia fundado com seus amigos. Ao entrar, me senti maravilhada com os brinquedos que eles guardavam ali. Havia caminhões de bombeiro, carrinhos de corrida, bonecos de super-heróis, além de pôsteres nas paredes dos desenhos de ação e filmes da época. Tudo muito organizado, assim como era seu "dono". A disciplina que nossos pais nos ensinaram estava em todo canto. Os brinquedos foram colocados cuidadosamente um ao lado do outro contra uma das paredes, e os pôsteres, colados em ordem alfabética!

Naquele momento, fiquei muito triste. Steve não queria que eu participasse desses momentos da vida dele. Todo meu ciúme se transformou em fúria, e acabei arrancando os pôsteres da parede. Tomada por raiva, rasguei dois deles. No mesmo instante, uma onda de arrependimento me envolveu e saí dali correndo em direção à casa, passando pela cozinha e encontrando minha mãe preparando a janta.

— O que aconteceu, Laura? Por que está chorando assim?

— Porque Steve não me quer na vida dele! — gritei entre lágrimas.

Mamãe vai até minha direção, me abraça, olha diretamente em meus olhos e pergunta:

— Você estragou o clubinho dele, não foi?

— Não foi por querer, eu juro! Fiquei muito triste porque não vi nenhum brinquedo que eu possa brincar junto lá com eles! – digo cheia de razão do alto dos meus 7 anos. Mamãe tenta explicar para mim que tudo e todos têm seus limites, e Steve estava na idade de encontrar com os amigos e conversar "coisas de menino". Mas me diz também "ele nunca vai lhe abandonar, meu amor, porém você precisa entender que todos precisam de seu espaço particular. Você também terá o seu um dia".

Steve chegou da escola e me viu conversando com mamãe. É claro que eu ainda estava muito triste, mas fingi ser a menina mais confiante e corajosa do mundo naquele instante. Foi quando ele olhou para mim e pude sentir um fio de tristeza em sua voz:

— Você entrou no clubinho, né?

Eu só consegui balançar a cabeça afirmativamente. Nunca consegui mentir para meu irmão.

— E o que foi que você fez lá? — ele pergunta.

— Eu queria muito, muito, muito ver como era lá dentro, mas quando eu vi tudo arrumado, fiquei com muita raiva e triste ao mesmo tempo. Desculpe, Steve, eu estraguei uns pôsteres.

Steve olhou para mim, e aquela foi uma das poucas vezes que não consegui ler as intenções de meu irmão.

— Laura, tem coisas que meninos gostam de fazer sozinhos. Eu tenho meus amigos e a gente conversa sobre coisas que meninas não gostam de falar. Então a gente precisa do nosso canto, sem ninguém pra controlar o que dizemos ali. Eu sei que você deve ficar triste quando eu tô com eles. Mas eu quero que entenda que você também vai querer falar só com suas amigas daqui um tempinho.

E vai querer um lugar só pra vocês, pra contarem seus segredos. O clubinho é isso pra gente.

— Steve — eu disse — você não fica bravo comigo?

— Não. Mas não quero que você faça isso de novo, vai me magoar muito.

Olhando hoje para toda aquela cena, já podia sentir o quão bom Steve seria no que quer que fosse estudar em seu futuro. Acabou por escolher a área certa, pois tinha um faro muito bom para descobrir segredos e histórias que ninguém queria revelar. Quisera eu poder ter a mesma habilidade, teria me ajudado em muitos momentos.

Mamãe abraçou a nós dois, colocou a mesa para o lanche e nos serviu de sanduíches e biscoitos que deixava sempre em estoque para momentos em que estivéssemos em conflito, como se os biscoitos servissem para selar a paz.

Mais tarde, papai chegou do trabalho, e após o jantar, disse a todos que o Papai Noel daquele ano seria diferente. Nós três nos entreolhamos, mas não entendemos nada. Até que a manhã do Natal chegou, e para nossa surpresa, embaixo da árvore havia um pacote a mais de presente para cada um de nós. Corremos em direção aos pacotes, e ao abrir os meus, além de novos sapatos, o que já era de praxe para nós, havia para mim um brinquedo que fazia de conta que éramos médicos – a gente tocava um pino em certa parte do corpo humano e uma luz bem fraquinha acendia. Mamãe olhou para mim, e acredito que essa foi a primeira vez que vez que eu disse em voz alta:

— Sou a Dra. Dawson, muito prazer! O que você está

sentindo?

Li a emoção nos olhos de minha mãe, e escutei, bem baixinho no meu ouvido, ela dizer:

— Eu sempre soube.

As mães realmente têm um sentido extra dentro de si.

Steve ganhou uma coleção de quadros menores, para poder decorar ainda mais seu clubinho. Mas não fiquei triste, sabia que meu irmão estaria sempre ali, para mim, independentemente de ter amigos e brincar com eles também.

Papai comprou nossos presentes extras com um bônus que o Sr. Jeremy deu a todos os funcionários por anos de dedicação em sua empresa. Mamãe fez uma linda torta de maçã para que fosse entregue na casa do Sr. Jeremy como forma de agradecimento. Nosso Natal daquele ano foi mais festivo, eu, com a certeza de que poderia começar a entender o que se tem dentro do corpo humano, algo que sempre me causou fascinação, mesmo sem conseguir entender o porquê por muito tempo. Como diz o ditado, "todas as peças se encaixam no fim". O problema é que, muitas vezes, não sabemos quão longe o fim está e tudo que teremos que enfrentar durante a jornada.

Ao longo dos dias que passamos viajando, éramos uma família desfrutando de um relacionamento completamente novo e único para nós; permanecíamos todos juntos dentro de uma "casa", assim como havíamos experimentado durante a pandemia, mas agora estávamos em movimento, vivendo e criando algo novo. Esperei muito por esse momento, para poder perceber se o que sentia por meu marido era somente uma sombra passageira na nossa relação ou algo de fato que pudesse atrapalhar toda nossa história. Mal sabia eu o que estava por vir... Mas, por hora, aproveitei os momentos dentro daquele lar sobre rodas.

Assim como a famosa frase nos diz, pude comprovar que, verdadeiramente, muitas vezes "não é o destino, mas a jornada é o que faz toda a história valer a pena!".

III

Quando chegamos à casa de mamãe, Eddie foi o primeiro a descer do carro e gritar: "vó, chegamos!" Essa cena me emocionou pela alegria do reencontro, mas ao mesmo, trouxe uma nostalgia e saudade do meu querido pai que, infelizmente, não estava mais entre nós.

Papai teve um início humilde na empresa em que trabalhava, mas, com o tempo, passou a ser Gerente de Produção, um cargo que conquistou depois de anos e mais anos de uma escada profissional que foi vencida degrau a degrau, diligentemente.

Um certo dia, o seu patrão, Sr. Jeremy, pediu que ele fosse ao seu escritório.

Não sabendo do que se tratava, mas um tanto curioso e, claro, preocupado, foi até lá no dia e hora combinados. Meu pai sempre contava essa história muito emocionado. Tenho em minha mente toda a cena, como se eu tivesse estado lá.

— Alfred, eu sei que vocês moram em uma pequena casa alugada e que o seu desejo é um dia ter sua casa, disse seu patrão. Como você tem demonstrado ser um excelente e fiel profissional, eu quero lhe fazer uma oferta.

— Uma oferta, senhor Jeremy?!

— Sim, uma ótima oferta: eu vendo um dos meus terrenos aqui perto da fábrica pela metade do preço e vou descontando do seu salário todo mês, conforme você puder pagar.

— Está falando sério, senhor?!

— Sério. E por ser um ótimo funcionário, ainda lhe dou de presente tudo que você precisar de material de construção, desde cimento, madeira, até a mobília.

— Tudo isso... de PRESENTE, senhor.?!

— Sim, e, caso você aceite, já providencio todos os papéis, documentos, vou até o cartório de registro de imóveis para que ele seja transferido e passo o terreno em seu nome. Ah, eu pago os custos da transferência; assim, você não precisa se preocupar com despesas extras.

— Mas... por que, por que o senhor está fazendo isso? O

que eu fiz para merecer tanta bondade?

— Comprometimento, lealdade, honestidade, Alfred, valores muito raros. Você deve lembrar de alguns colegas com quem você conviveu aqui por meses ou anos, que foram demitidos, e um deles, inclusive, com justa causa.

— Sim, lembro, sim.

—Joseph.

_ Ele mesmo. Tenho arrepios quando lembro que trabalhei com ele aqui na fábrica. Cheguei a comentar com minha esposa, ela sempre tem uma intuição forte sobre tudo, e me disse que ele não parecia ser gente boa. E até onde sei, ela não erra na sua intuição...

— E você, Alfred, nunca me decepcionou; pelo contrário: sempre demonstrou ser muito responsável, não se envolvendo com fofocas. Cresceu bastante aqui na fábrica e nunca veio me puxar o saco. Por isso você se tornou um líder aqui.

— Fico até meio sem jeito. Muito obrigado pelas palavras e por confiar em mim e no meu trabalho. Isso é um incentivo para poder evoluir ainda mais. Serei sempre grato, respondeu meu pai.

Depois de alguns meses trabalhando incansavelmente todos os dias, meu pai, somado aos esforços de minha mãe, finalmente conseguiu realizar o sonho da família: ter a nossa própria casa.

Éramos muito orgulhosos de tudo que havíamos adquirido e conquistado como família durante nossa vida. Acima de tudo, prezávamos pelo amor e alegria que mantínhamos em nosso lar, fundamentos que, aliados à nossa fé, sustentavam toda a nossa base familiar. Fundamentos esses que eram cultivados com tanto carinho e atenção por meio de reuniões diárias, orações ao acordarmos e antes de nos deitarmos, refeições com todos juntos à mesa... Gestos singelos que nos amadureceram como família e foram nos blindando contra as piores ameaças que enfrentamos juntos ao longo dos anos. Apesar de tantas dificuldades por que passamos, éramos sempre uma família muito unida e feliz. Toda essa base familiar e valores aprendidos desde a mais tenra infância foram também as raízes que trariam toda a sustentação, física e emocional, de que eu tanto necessitei em minha vida adulta e demorei a ter em meu casamento.

Crescemos em contato direto com a natureza, colhíamos algumas frutas das árvores do nosso quintal e comíamos laranjas sentados nos galhos das laranjeiras.

Nós andávamos descalços no chão, na grama, na lama, corríamos no campo, nadávamos no rio, brincávamos de cabo de guerra, esconde-esconde, acampávamos no quintal, dormíamos com as janelas aberta, tomávamos banho de chuva...

No final do dia, jantávamos, estudávamos, rezávamos e íamos dormir, por volta da nove da noite.

Mamãe sempre dizia: "Elvis é o homem mais deslumbrante, bonito e sexy de todos os tempos... depois de seu pai, é claro", comentário seguido de um lindo sorriso.

Com o passar do tempo, eram visíveis as mudanças

físicas que o trabalho duro causava em meu pai, tanto em sua aparência como em sua estrutura física, de forma geral; por outro lado, contrastando com toda a mudança física, seu interior era como um vinho caro e difícil de encontrar – cada vez mais sensível, valioso e especial. De certa forma, mesmo com a sua partida, acredito que muito de meu querido pai nunca se foi. Minha mamãe sempre fez de tudo para manter a memória dele viva, suas histórias lembradas e seus ensinamentos enraizados em nossa família. Juntamente a tudo isso, dia após dia, eu podia ver cada vez mais traços de papai, sua personalidade, beleza e bondade em meus filhos. E aos poucos fui descobrindo como eles são mais parecidos com a minha família do que eu poderia imaginar.

Antes mesmo de eu poder tirar Barbra de sua cadeirinha de segurança, vovó Susan abriu a porta da frente da casa e disse "Até que enfim, já tinha começado a ficar preocupada!!! Venham cá, crianças, a vovó está morrendo de saudades de vocês, venham e me deem um abraço apertado!".

Eddie, no entusiasmo de sua idade, deixa escapar um "Vovó, o que tem para comer? Estamos morrendo de saudades das suas delícias, os bolos e as tortas... hmmmmm..."

Vovó Susan diz:

— Então adivinhem o que está na mesa esperando por vocês????

Barbra se adianta e fala quase que imediatamente:

— Meu bolo de chocolate! Acertei?

— Ah, menina esperta! Como foi que você adivinhou? Eu acho que você consegue ler a mente da vovó! — brinca minha mãe, rindo. Ela olha para mim de canto de olho, num gesto sugestivo. Pensei comigo "que maneira estranha de olhar", mas estava tão empolgada por poder ficar perto de minha mãe e irmão novamente que deixei passar esse fato.

Mamãe nunca foi normal. Quero dizer, ela nunca foi o tipo de mãe que vivia somente para a casa, sem muito tempo para conversar com os filhos ou o marido. Não, não a mamãe. Ela sempre foi muito conectada com tudo o que se passava a seu redor, e talvez por conta disso, nunca tenha deixado seus filhos sem respostas para qualquer dúvida que tivéssemos. Arrisco até dizer que mamãe nasceu com um dom extra, ela tinha uma intuição gigantesca, um super sexto sentido, como se apenas com um breve olhar para a pessoa conseguisse descobrir se a índole era boa ou não. O que fez com que nos livrássemos de muitas situações que poderiam ter um desfecho bem diferente.

Me lembro hoje com carinho e até acho graça quando, certa vez, após termos almoçado e ajudado a nossa mãe na cozinha, Steve e eu combinamos no nosso quarto de dizer para ela que a gente iria fazer algumas tarefas da escola na casa de colegas.

— E por que vocês não fazem isso aqui em casa? — perguntou ela, com um certo olhar de desconfiança.

— Ah, mãe, lá a gente pode ajudar os colegas quando surgirem dúvidas.

— Hum, Ok, então, crianças. Tomem banho, se arrumem e vão. Mas voltem antes de escurecer.

Claro que a gente não foi estudar; queríamos brincar, nos divertir. Steve ficou jogando bola com seus colegas e eu passei o tempo desenhando com a irmãzinha de um dos colegas de Steve.

Quando voltamos para casa, a primeira coisa que mamãe falou foi:

— Estudaram muito? Posso ver o que escreveram?

— Mãe, a gente estudou, mas não escrevemos nada, eu disse.

— Nem você, nem Steve?! Sei, e como foi a partida de futebol, Steve? Você marcou algum gol? E você, Laura, brincou muito com suas colegas?

— Errrrrr....

— Respondam! Estou esperando!

— Errrrrrrr...

— Vocês acham que podem enganar sua mãe, né?

— Mas, mãe...

— Não tem mais, nem menos... Vou dar três varadas de marmelo no bumbum de vocês para não fazerem mais isso, ouviram bem?

— Não, mãe, por favor, não — pedi eu, meio que choramingando. Mas a gente não fez nada de mais; a gente só queria brincar um pouco. Só isso. Não é nenhum crime. Não queremos levar varadas de marmelo.

— Mas tentaram me enganar.

— A gente promete nunca mais fazer isso de novo, não é, Steve?

— Sim, claro, mãe. Prometemos.

— Ok, então. Dessa vez passa. Vão tomar banho de novo; vocês estão suados. Nunca mais tentem me enganar!! Ouviram bem?

Como todo adolescente, e jovem adulto, Steve e eu tivemos nossos envolvimentos amorosos. Muitas das vezes, chegávamos tristes após um encontro malsucedido, e lá estava mamãe já nos esperando com uma xícara de chocolate quente para nos acalentar, e com colo e ouvidos prontos para nos ouvir.

Uma vez, cheguei a comentar com ela, numa visita das férias quando eu ainda estava nos primeiros semestres da faculdade:

— Mãe, como é que você sabe exatamente do que precisamos? Confessa, vai, você é vidente! — perguntei, aos risos. Ela me olhou bem no fundo dos meus olhos, o que me causou estranheza, pois da forma como percebi, a conversa estava sendo leve. Ela respondeu:

— Você logo vai lembrar, minha querida, e então vai poder entender tudo.

Isso me deixou intrigada, afinal lembrar do quê? Respondi:

— Você está falando sobre algum relacionamento meu? Ou do Steve?

Mamãe, então, pega nas minhas mãos, aperta com firmeza, mas não para machucar. Sinto uma corrente de energia vindo das mãos dela, automaticamente fecho meus olhos, em um momento que não conseguiria definir de outra forma senão como de sinergia pura, e quase que instantaneamente, memórias da minha infância voltam à mente. Lembro do show de mágica que assisti, à minha primeira tentativa de levitar os objetos, das vezes que fiz "truques" na escola, e da tristeza que senti por conta da maldade de uns coleguinhas. Céus, como fui esquecer de tudo, penso ainda segurando a mão de mamãe. E é quando ela, ainda com minhas mãos nas delas, olha para mim, e diz:

— Você não esqueceu, apenas bloqueou. Agora consegue entender o porquê da Escola de Medicina, o porquê de estar querendo seguir a psiquiatria, e o porquê de eu ter, usando as palavras de vocês dois, 'interferido' em várias de suas aventuras amorosas. Como você pode agora perceber, minha querida, eu tenho, sim, um dom extra, que acredito, tenha passado para você, só que o seu é mais poderoso que o meu.

Atônita, olho mamãe e me recordo de quando ela causou furor com Steve por conta de uma moça nova na cidade. Ela se chamava Patty, e Steve estava absolutamente apaixonado por ela. Mamãe nunca viu com bons olhos essa relação. A primeira vez que encontrou com Patty foi quando Steve a levou para jantar na nossa casa, lembro porque foi logo após eu ter entrado para a Universidade e estava na minha primeira folga de verão, e Steve também havia voltado para casa para descansar nas férias. Quando Patty a cumprimentou, mamãe apertou sua mão, e soltou um "Hmmpfff", deu uma desculpa de que precisava checar o fogão e saiu. Steve olhou para mim, confuso. Não era típico da nossa mãe ter essa atitude. O jantar seguiu calmo, mamãe se abstendo de várias conversas, com a desculpa de sempre ter que ir à cozinha.

No dia seguinte a esse jantar, ela chamou Steve para uma conversa e o alertou quanto à idoneidade daquela moça. Disse a ele para abrir o olho, pois ela não era a pessoa que Steve pensava ser. Meu irmão desconfiou de que mamãe soubesse de algo e não lhe estava contando, e resolveu perguntar para seus amigos que ficaram na cidade se conheciam Patty. Qual não foi a surpresa em descobrir que ela tinha namoros simultâneos com seus amigos também! Aparentemente, Patty tentava tirar o máximo proveito de seus relacionamentos; de acordo com o que Steve descobriu, até dinheiro ela tentava usurpar de seus namorados. Depois de alguns dias fazendo uma investigação por conta própria, Steve chegou por trás de mamãe, a abraçou forte e agradeceu por lhe ter aberto os olhos.

Mas esse não foi um fato isolado. Eu lembro que quando tinha ainda meus 15, talvez 16 anos, fiquei encantada com o filho mais velho do pastor de uma paróquia próxima de nossa casa. Eles haviam sido transferidos há pouco tempo para nossa região, e o rapaz era tão bonito que parecia ser um daqueles príncipes andando num cavalo branco como nos famosos filmes românticos! Imediatamente, me vi completamente apaixonada por ele. Seu nome era Rob. Tinha 19 anos, mas não frequentava a universidade, e parecia sempre estar indo de um lado para outro com seu carro. Aquilo para mim era tão adulto, nós não tínhamos possibilidades financeiras de termos mais que um carro, e quem o usava era papai para ir trabalhar.

Um dia, perto do Natal, fomos para o centro da cidade, mamãe e eu. Ela precisava comprar algumas coisas para suas costuras. E então vejo Rob saindo do carro em direção à barbearia. Fiquei vidrada naquele momento. Mamãe, percebendo tudo, me alertou:

— Esqueça, esse não é gente boa.

— Como assim, não é gente boa, mãe? Ele é filho do pastor, é claro que é gente boa!

— Não é não, confie na sua mãe. Ele não parece ter boa índole, nem boas amizades, e não quero que você fique de papo furado com ele.

— Mãe!!

— Não acredita em mim? Então peça a seu irmão que o siga por uns dias para você mesma tirar suas conclusões.

E foi o que fiz. Steve veio passar as festas de fim de ano conosco, e já sabia que queria seguir alguma carreira relacionada a investigações, então, para ele, meu pedido foi como um pré-estágio. Seguiu Rob por volta de seis dias, até que descobriu o que precisava.

— Laura, — ele me chama para um canto da casa — a mamãe tinha razão. O filho do pastor não é flor que se cheire. Ou melhor, depende que flor as pessoas gostam de cheirar, ele avisa, num sorriso malicioso.

— Não estou entendendo o que quer dizer, Steve. Seja direto, por favor.

— Laura, o Rob está metido com tráfico de drogas, eu

o segui e vi em várias situações ele repassando drogas às pessoas, via quando lhe entregavam dinheiro e ele olhava para os lados, sorrateiro, com receio de ser pego.

Ouço de boca aberta àquelas palavras.

— E tem mais — continua Steve.

— Mais?! Mais o quê? — indago, ansiosa, mas também com receio do que vou ouvir.

— Quer saber mesmo? Você vai ficar decepcionada e triste.

— Fala logo, Steve. Você tá me deixando nervosa.

— Laura, quando eu o seguia na parte da noite, ele costumava dormir num flat que ele aluga para usar como reduto.

— Reduto? O que é isso?

— É um local onde ele se encontra com os traficantes. E fica pior ainda...

— Nossa! Ainda tem mais alguma coisa que eu não sei?

— Infelizmente...

— Pode falar... eu aguento, sou forte. Fala, Steve!

— Ele fica no flat com uma garota, aliás, de muito mau gosto.

— O quê??? Uma garota? E dormia lá com ele??

— Sim, mana.

— Steve, você não está falando isso tudo para eu desistir dele, né? Você não faria isso com a sua própria irmã, faria?

— Minha querida irmã, acredite. Eu quero que você conheça uma pessoa decente. De caráter. De bons princípios. Quero o melhor pra você, assim como tenho certeza de que você quer o mesmo pra mim. Vou lhe mostrar as fotos que eu tirei do celular. Daí você não terá nenhuma dúvida de que ele é um cafajeste. Ele não merece você! O Rob não PRESTA! — bradou meu irmão. Esse cara é "chave de cadeia"! Saia dessa encrenca!!! O mais rápido possível, Laura! Você irá encontrar a pessoas certa. Tenho certeza.

— Meu Deus, eu não posso acreditar, Steve, mas ele é filho do pastor!

— Bem, talvez ele pense que esse seja o disfarce perfeito, afinal, quem desconfiaria dele sendo filho de quem é?

— Mamãe estava certa novamente, então. Ainda bem que não tive nada com ele, já pensou? Eu, hein!

Depois de colocar nossas coisas nos quartos e tomarmos um bom banho, todos jantamos e conversamos. Começamos a nos lembrar de muitas outras histórias e memórias. Steve estava brincando com Eddie, e no meio de um de seus jogos, pararam para um chocolate quente. Foi a oportunidade que o tio precisava para lembrar como era difícil saborear uma bebida tão gostosa quando era criança. Eddie, curioso, quis saber o porquê do comentário, e então Steve, que via a mesma obstinação nos olhos do sobrinho, começou a contar sobre nossa infância e as dificuldades financeiras que tínhamos. Sendo mais velho, suas recordações da nossa história eram mais claras e vívidas. Relatou a todos sobre como foi possível conseguirmos nos formar no ensino médio e seguir nossa vida universitária a partir dali. Sua história foi mais ou menos assim:

— Sabendo das nossas poucas possibilidades

financeiras, o que nos restava para poder entrar em uma boa universidade seria conseguir uma bolsa de estudos. Então, tanto sua mãe como eu procurávamos nos inteirar de todas as aulas extras que poderiam nos render ótimos créditos no boletim, além de nos dedicarmos inteiramente aos nossos estudos. Fato foi que eu, com meu corpo sempre em ótima forma, consegui entrar para a faculdade por conta do time de beisebol, para a felicidade de nossos pais, com bolsa de estudo integral. Fui para a Universidade da Carolina do Norte, estudar Direito. Sua mãe sempre ambicionou a área médica, como ela mesma sempre diz, e por um longo tempo, não conseguia entender o porquê de a área lhe inspirar tanto. Ela fez o que pôde no ensino médio para conseguir uma chance de entrar em alguma boa universidade, dedicou-se o mais que podia, fez uma excelente carta de apresentação, teve o apoio de vários professores, e quando, finalmente, recebeu a carta da Universidade de Utah, não cabia em si de tanta alegria! Finalmente, ela poderia se tornar médica! Nem cogitava outra área que não fosse a escola de medicina, pois desde que ela se entendia por gente, sentia uma necessidade gigante em entender o que se passa dentro do corpo e, principalmente, mente humanos.

    Nossos pais ficaram muito contentes, afinal, minha irmã e eu estaríamos "bem-encaminhados", como eles mesmos diziam.

    Eddie ficou intrigado com a vida na faculdade, e perguntou onde morei quando estudava. Disse a ele que a mudança para o dormitório da faculdade foi tranquila, eu estava esperando uma companheira de quarto que talvez não tivesse muito a ver comigo e com minha personalidade, mas, para minha sorte, Elizabeth e eu combinávamos perfeitamente! Nós duas tínhamos o mesmo ritmo de estudo, e, embora ela não tivesse as mesmas aulas que eu, nossos horários eram muito similares. Nos tornamos grandes amigas muito rápido, e se não fosse por ela, minha vida, hoje, seria muito diferente. Afinal, foi por meio dela que percebi quem iria mudar minha vida para sempre.

Barbra não conseguiu ficar acordada e adormeceu.

Era cerca de meia-noite quando decidimos jogar cartas. Acendemos a lareira para criar uma atmosfera mais aconchegante.

Vendo que o jogo andava meio monótono, e o sono, batendo à porta, Steve resolveu começar a nos assustar, dizendo que, certa vez, um vizinho dele estava passando pelo cemitério quando algumas faíscas saíram de um túmulo, e jurava que isso era pura verdade.

Minha mãe emendou:

— Realmente tem algumas coisas que se alguém contasse, eu não acreditaria. Uma dessas coisas eu mesma vi com meus próprios olhos.

— Conta pra gente, vovó! — pediu Eddie.

— É melhor não; é muito... muito assustador. Se eu contasse, você e Barbra ficariam com medo e não iriam conseguir dormir. Isso é história de adulto...

— Ah, conte, vovó. Por favoooor. Barbra já tá dormindo e

eu sou quase um pré-adolescente.

Todos riram.

— Ok! Eu conto, mas... se começar a ficar com medo, você irá dormir, combinado?

— Ok.

— Quando eu tinha 18 anos, eu fui dizer o último "adeus" ao pai de uma das minhas melhores amigas. Eu me lembro como se fosse hoje. No velório, todos os parentes, amigos e alguns vizinhos estavam conversando e lamentando a morte do Sr. Fish. Eu estava tentando consolar minha amiga, dizendo que tudo iria ficar bem, quando, de repente... acredite em mim, o defunto abriu os olhos, respirou fortemente e, desesperado, não entendendo nada do que estava ocorrendo ali, sentou-se e disse com voz alta, trêmula e assustada:

— ONDE ESTOU?! MEUS DEUS, O QUE ESTÁ ACONTECENDO? O que significa isso? Credo!

Vovó Susan continuou:

— Em questão de segundos, todo mundo saiu em pânico da sala, exceto minha amiga Maria, a mãe dela, e eu. Eu simplesmente fiquei paralisada! O medo tomou conta de mim.

— Que medo!!! Que imaginação você tem, vó! Caramba! Quase que acreditei. Ainda bem que é faz-de-conta — disse Eddie.

— Não é imaginação! É a mais pura verdade. Eu nunca contei isso a ninguém.

— E por que não?

— Porque iriam achar que eu era louca. Imagine

isso, tantos anos atrás, quando as pessoas não tinham informações suficientes como hoje, eu chegar e contar essa história para os outros? Definitivamente, me internariam em um sanatório!

Todos rimos da maneira como vó Susan contou sua impressão, porém, dentre nossas risadas, quase ninguém notou um leve barulho vindo do quarto onde Barbra dormia. Apenas vovó Susan pareceu colocar seus ouvidos a postos, mas não comentou nada a respeito. E continuou a discorrer sobre o acontecido no velório

— Ninguém conseguia entender o que haviam presenciado. Todos se perguntavam e ninguém tinha nenhuma resposta. Precisávamos encontrar alguém para nos explicar, mas... quem? Naquele tempo, não havia internet ou celular. Ficamos sem resposta. Depois de todo susto, chamaram o médico que tinha atendido o Sr. Fish para exames. Infelizmente, o pai de Maria veio realmente a falecer poucas horas depois, de acordo com a certidão de óbito, em função de insuficiência cardíaca.

Então, lembrei de ter estudado casos sobre isso quando na Escola de Medicina. Eu acrescentei:

— Gente, o que a vó acabou de contar pode acontecer, sim. Explico: de fato, existe uma doença rara, chamada catalepsia, que deixa os membros rígidos por horas ou até dias, e a respiração e o batimento cardíaco muito baixos, como se uma pessoa tivesse morrido.

Portanto, ser liberado para sepultamento sem maiores certezas só mesmo num passado longínquo, quando os recursos tecnológicos ainda não eram disponíveis ou não havia verificação de óbito por alguém certificado.

Obviamente, hoje em dia, todos os exames são feitos antes de realmente anunciarmos o óbito.

— Mãe, vó, vocês sabem de algum caso conhecido?

— Como assim, Eddie? — perguntou a vó.

— De uma pessoa ter sido enterrada viva...

— Sim, há vários relatos de que pessoas que quando tinham catalepsia, eram enterradas vivas — eu confirmei.

— Nossa! Que horror!

— Horror mesmo, Eddie, e para muitas dessas pessoas, as famílias nem chegavam a saber da doença.

— Você conhece algum caso assim?

— Sim, um dos casos tétricos que ouvimos falar foi o da esposa do agricultor americano Charles Boger.

— E... o que aconteceu com ela?

— Pelo que ouvimos, Charles Boger era um homem do campo e vivia com sua esposa na Pensilvânia no final do século 19. Repentinamente, ela se sentiu muito mal e foi dada como morta pela equipe médica.

O sepultamento ocorreu normalmente.

Dias depois, um amigo de Charles contou a ele que sua esposa já havia tido esses mal súbitos e ficava paralisada como se estivesse morta, mas que sempre se recuperava em algumas horas.

Desesperado com a notícia, Charles decidiu exumar o corpo da esposa. Ao abrir o caixão, o corpo dela estava virado para baixo, roupas rasgadas e a tampa do lado interno do caixão danificada.

Quando viraram o corpo, a pele da mulher estava

arranhada e ensanguentada.
Depois disso, ele desapareceu do mapa; ninguém mais teve notícia dele.

— Nossa, que história macabra!!

Vendo que Eddie não tinha se assustado com a história da catalepsia, vovó resolveu compartilhar outro "segredo". Ela nos contou que costumava cuidar da Barbra e, uma vez, quando ela tinha por volta de cinco meses, deixou cair a chupeta do berço e não conseguiu alcançá-la. Quando ela a ouviu chorar, imediatamente entrou em seu quarto para ver o que estava acontecendo.

E então ficou surpresa ao ver Barbra olhando para a chupeta enquanto esta vinha lentamente em direção à neném como mágica.

Em outra ocasião, Eddie, com seus dois anos e poucos, passou alguns dias com vovó nas férias, e assistia à televisão, trocando os canais para sua diversão, mas o que mais surpreendeu vovó, segundo ela, foi que ele estava trocando os canais segurando um controle remoto que estava sem pilhas. Eddie, que prestava atenção a tudo que estava sendo dito, muito calmamente falou:

— Nossa, que engraçado, eu não lembro disso, vó!

Vovó complementa:

—É porque você era muito pequenininho para lembrar, meu amor... acho que nem sua mamãe sabe que isso aconteceu. E mais de uma vez!

Nessa hora olhei para meu menino e percebi como seus olhos ficaram arregalados. Mas se fazendo de forte, Eddie não comentou nada. Não sei se por instinto ou curiosidade, cruzei olhares com Thomas, que discretamente balançava a cabeça, incrédulo como sempre, o que me deixou muito irritada, afinal, era sobre o que minha mãe falava que ele não estava acreditando! Steve, percebendo essa troca de olhares, levantou e perguntou a Thomas se ele gostaria de tomar um café a mais. Foi justamente neste momento que a tela do smartwatch de meu marido acende. Estranho algo assim naquele horário. Pelo canto de olho, vejo um desconforto de sua parte, uma pequena gota de suor aparecendo em sua têmpora. Pergunto se está tudo bem, ele comenta que não está se sentindo confortável com as histórias e que precisa tomar um ar fresco. Nesse momento, mamãe olha para mim daquela forma que só as mães sabem fazer, dizendo tudo sem falar nada. Ela pega o neto pelas mãos com a desculpa de precisar de ajuda para trazer mais biscoitos e marshmallows para a lareira. Viro em direção a Steve, que, ao cruzar olhares, expressa a mesma inquietação e estranheza que me consome. Levanto-me e sigo em direção à entrada e, com o ouvido contra a porta, tento escutar o que se passa do outro lado. Ouço, para aumentar minha angústia, risadas contidas e burburinhos vindo da varanda. Saio dali em direção à cozinha, para me sentir confortada por mamãe. Ela, com um simples olhar, entende tudo e abre seus braços para mim. Eddie leva as bandejas de volta à sala e troco algumas palavras com vovó Susan.

Ela escuta toda a história, desde o início da pandemia e a porta do escritório constantemente fechada, várias ligações não atendidas perto de mim, e até um episódio sobre uma videochamada recusada tarde da noite, além do distanciamento emocional entre o casal. Mamãe escuta atenciosamente e me dá suporte emocional com palavras de conforto. Recebo um abraço forte e gigante, absorvo tudo o que diz, e então voltamos juntas à sala, onde Thomas, já à frente da lareira, age como se nada de estranho tivesse acontecido. Com os ânimos mais calmos e mais uma rodada de biscoitos e chocolate quente, continuamos a conversa, momentos depois. O que mamãe nos contou nessa noite veio a ser confirmado depois, e nós, os pais, não podíamos ter ideia de que nem Barbra nem Eddie conseguiam fazer!

— Se eu dissesse isso para vocês, provavelmente, pensariam que eu estava louca — vovó finaliza.

Lá pelas duas da manhã, todos foram dormir.

Eddie teve pesadelos a respeito das histórias contadas.

Barbra começou a chorar, corri ao quarto onde ela estava e a vi suando. Quando ela acordou, sobressaltada, disse:

— Mamãe, sonhei com fogo.

— Fogo?!

— Sim, fogo, a gente tava lá, fiquei com muito medo.

— Lá onde, querida? Você conhece o lugar?

— Era grande, muita gente!

— Querida, talvez o fogo que você viu queira simplesmente mostrar o quanto a mamãe e o papai amam você ardentemente! Fique calma, querida, sempre estaremos aqui para você e para seu irmão, vocês são nossas joias raras! Você teve somente um sonho, nada de mau vai acontecer.

Ah, a ironia de nossos próprios comentários...

— Acalme-se, querida. Está tudo bem! Mamãe está aqui. Foi apenas um sonho!

— Não, foi real! Eu vi, eu vi mesmo!! — ela insistiu.

— OK. OK. Agora tente dormir um pouco. Nós nos divertiremos muito amanhã.

— Mas...eu... mamãe... eu... sonh... son... zz...

Barbra rapidamente caiu no sono envolta pelo calor dos meus braços. Permaneci ali por mais alguns minutos, apenas observando minha pequena dormir. Sua respiração parecia um pouco mais tranquila agora, embora fosse possível ver certo movimento dos olhos atrás das pálpebras, como se estivesse sonhando em alguma dimensão que só ela conhecia.

Voltei para o quarto e encontrei Thomas dormindo na ponta da cama abraçando um dos travesseiros. Deitei-me ao seu lado, e foi então que a mesma aflição e sensação de insegurança que tive no início dessa viagem voltou com muita força. Não consigo entender o porquê de toda essa sensação, afinal, estou segura na casa de meus pais, minha família toda comigo. É como se algo sombrio estivesse à espreita. Em meio a sonhos e pesadelos, acordo várias vezes durante a noite, preocupada com o sono da minha menina.

IV

Naquela noite, desisti de dormir. Pesadelos sem fim, sonhos agitados e uma angústia no peito me roubaram completamente o sono. Procurei algo para me distrair, um livro qualquer, mas nada me acalmava. Decidi enfrentar a insônia e fazer um apanhado geral mental de tudo o que havia acontecido horas antes, as histórias que foram contadas e o estranho telefonema que Thomas havia feito na varanda. Thomas. Aquele que dorme a meu lado, profundamente, como se nada nem ninguém pudesse tirá-lo de sua paz. Será que todos os casais passam por tanta insegurança emocional como a que eu estava sentindo? Várias dúvidas começaram a surgir em meus pensamentos, pois minha referência de relacionamentos era o que via na maneira que meus pais tratavam um ao outro. E, definitivamente, Thomas estava se afastando cada vez mais daquele "sonho de casamento perfeito" que minha fantasia insistiu em criar.

Conheci Thomas Woodson quando estava cursando Medicina na Universidade de Utah. Ele estudava História da Arte. Era um intelectual, o que me deixava um pouco intrigada, afinal, eu sempre pensei que intelectuais fossem pessoas mais reservadas, mas Thomas? Não. Ele sempre estava rodeado de moças da universidade. Também, pudera, seu rosto era perfeitamente simétrico, e seu corpo parecia ter sido desenhado por um artista. Eu não gostava dele no começo porque ele era muito mulherengo e costumava dar em cima de todas as garotas que via. Ele era encantador, bonito, atlético, tinha cabelos lisos na altura dos ombros, mas eu fingia que nem o notava. Deixava a entender que não me importava com ele. Certa manhã, durante o intervalo, Elizabeth me perguntou:

— Laura, por que você não namora com o Thomas? Você nunca percebe o jeito que ele olha para você?

— Ele olha para todas as garotas assim. Além disso, não vejo nada nele. Ele não é meu tipo!

— Ah, tá! Com toda certeeeeza! — Elizabeth diz, com ironia em sua voz. — Sério mesmo, Laura?

— Ué, por que tá me perguntando isso?

— Vamos, Laura, não tente me enganar, posso perceber que você gosta dele. Os olhos nunca mentem.

— Ok, ok, você ganhou. Thomas é realmente o tipo de homem que eu sempre quis pra minha vida. Acredito que tenha sido amor à primeira vista. Ele me tira o fôlego toda vez que o vejo. Mas ninguém sabe disso além de você, Elizabeth. Se você se atrever a contar a ele ou a qualquer outra pessoa, juro que direi a todos os alunos da Faculdade de Medicina que você tem uma queda pelo Sam, filho do reitor. E que você já saiu com ele, não é verdade?

— Pare, Laura... Quem... quem te contou... essas mentiras?

— Mentiras?! Eu mesmo vi vocês andando por aí e...

— Tudo bem! Vamos guardar nossos segredos.

— Ok, isso é um combinado — disse eu.

— Se você se deparar com Thomas, diga a ele que se ele for educado, atencioso, romântico, trabalhador e, especialmente, fiel, talvez ele tenha uma única chance! — minha amiga comenta, sorrindo.

— Você nunca muda! Falo, enquanto Elizabeth dá uma gargalhada junto com meu comentário.

Passaram-se dois semestres até que, em uma confraternização, Thomas não tirava os olhos de mim, e, com aquele seu jeito sedutor, me seguia por todos os lugares aonde eu ia. Ai, que raiva daquele seu jeito de olhar, querendo me seduzir a cada momento. Eu não queria me deixar envolver, ser apenas mais uma conquista em sua lista. Mas não posso deixar de admitir que senti uma certa empolgação ao vê-lo, e naquele momento, na festa, quando ele se aproxima de mim e declara "que bom que você está aqui, estava mesmo torcendo para que viesse!", a impressão que tive foi de que tudo ficou parado e somente nós dois podíamos interagir. Ao menos, foi o que senti. Lembro ainda da maneira meio sem jeito que respondi "que bom mesmo, não?". E assim, de um início de conversa nem um pouco inspiradora, foi como começou nosso relacionamento. Elizabeth vibrou de felicidade quando contei a ela, disse que se ela não fosse convidada a participar de nossa vida familiar, eu seria a mais fria das pessoas. Claro que isso nunca foi uma possibilidade, afinal, ela era minha melhor amiga! Falei a ela para ficar tranquila, que sempre iríamos nos comunicar, mesmo que morássemos a milhas e milhas de distância. Thomas provou, ao longo do tempo, poder se abrir mais para mim, me deixando realmente ser parte de sua vida. E claro, como em todo namoro, vem a confiança no outro, a capacidade de poder ser você mesmo sem o medo de ser julgado pela sociedade. E assim, fiquei sabendo de partes de sua vida nem um pouco agradáveis, e de situações pelas quais ele teve que passar para definir quem ele se tornara. Para mim, Thomas confessou seu passado, nada afetuoso, que ele intitulou de "obscuro", e disse que eu era a única 'estranha' até então a saber sobre o que ele tinha vivenciado em sua infância.

    Segundo seu próprio relato, foram anos de terapia para poder superar as coisas que haviam acontecido dentro e fora de sua casa. Nas pessoas que ele deveria confiar cegamente, aquelas que nos dão a segurança da tranquilidade, amor e carinho. Pois é. Ele não teve isso. De acordo com sua história, tudo no que ele se transformou, ou ainda, muito de como ele se apresentava às pessoas, era simplesmente uma máscara para poder viver e conviver com todos os traumas que o fizeram como ele realmente era. Thomas decidiu me contar tudo numa noite em que estávamos um pouco mais envolvidos, tínhamos acabado de voltar de uma festa onde bebemos um tantinho a mais do que deveríamos. E conforme seu relato seguia, meu nível de teor alcoólico se dissipava, ouvindo a tudo atenciosamente.

Desde muito pequeno, o que ele calculava ser por volta dos 2 ou 3 anos de idade, Thomas não tinha um afeto maior de seu pai, não tem memórias dele o pegando no colo, nem sequer brincando com ele. As memórias que ele disse ter daquela época resumiam-se em seu pai saindo de casa e batendo a porta da frente com muita força. Restava o carinho de sua mãe, que muito frequentemente chorava sem parar. E foram alguns anos assim, até que seu pai começou a brigar menos e ficar mais tempo junto de sua esposa. E foi justamente nessa mesma época que sua mãe encontrou um emprego e saía todas as tardes. Thomas ainda não estava na escola, então seus pais optaram por lhe deixar na casa de um vizinho para que tomasse conta dele. A pior decisão que tiveram, segundo meu marido. Este vizinho, um senhor de um pouco mais de idade, não trabalhava, e ficava observando as crianças num parquinho que existia nos arredores da vizinhança.

Quando Thomas passou a ficar as tardes na sua casa, seus maiores medos vieram à tona. O homem que deveria cuidar daquela criança começou a abusar do pequeno, primeiro criando um certo laço de confiança, oferecendo doces, e levando o pequeno a sentar em seu colo. Na hora em que Thomas começou a me dizer isso, os piores arrepios correram minha espinha. Eu já podia imaginar onde tudo iria, mas deixei meu namorado acabar sua história, era raro vê-lo à vontade para falar de sua família. E ele seguiu sua narrativa, dizendo em pormenores, tudo o que aquele monstro em forma humana fazia com ele. Minha vontade era de sair gritando de raiva, meu estômago embrulhava de tal forma que ficava muito difícil controlá-lo. Juntei todas as forças necessárias para respirar fundo várias vezes e acalmar minhas emoções, enquanto Thomas, absorto em suas memórias, jorrava as palavras sem medo do que eu pudesse pensar sobre ele. Isso tudo aconteceu quando ele tinha por volta de quatro anos de idade! Meu Deus, as atrocidades que ele teve de suportar, a maneira que seus pais agiram quando descobriram o que o vizinho fazia com ele, e ainda o acusaram de ser o culpado por se sentar no colo do homem! Eu não podia acreditar no que estava ouvindo. Simplesmente não podia.

    Após toda essa descoberta, seus pais optaram por finalmente colocá-lo em uma escola, para que convivesse com crianças de sua faixa etária, e pudesse, talvez, seguir uma vida normal. Tudo seria perfeito, se não fosse o fato de várias vezes seu pai esquecer de pegá-lo na escola por estar na companhia de outras mulheres. Em determinada ocasião, contou Thomas, ele pegou carona com a mãe de um de seus coleguinhas, e chegou mais cedo em casa. Animado pela possibilidade de ficar sozinho por alguns minutos a mais, entrou correndo em casa e foi direto para o quarto de seus pais, assistir a seus programas favoritos, pois a televisão de lá era maior. E pegou seu pai na cama com outra mulher. Nessa hora, Thomas parou sua narrativa e se deixou cair em lágrimas, sua catarse estava finalmente acontecendo ali, comigo.

— Tem tantas coisas que aconteceram comigo, Laura, que nem sei como consegui sobreviver até aqui. Acho que todo meu jeito de sempre querer me sobressair na frente de todo mundo, esse jeito 'galinhão' que você disse uma vez que eu tinha, tudo isso é reflexo das situações que eu passei até conseguir encontrar você. Tenho medo sim, de ter filhos, e não poder cuidar deles, porque a sensação que me dá é a de que não consigo nem cuidar de mim mesmo. Talvez eu nem mereça estar num relacionamento, veja só quanto tempo demorou para eu poder contar tudo isso a você! E agora, acho que nem deveria ter contato, me arrependo!

Tive muita pena de Thomas naquele exato momento. Não sei se por estar convivendo com Elizabeth por algum tempo, por termos trocado tanta informação a respeito de nossos cursos, ou simplesmente por querer dar jeito e cuidar daquela pessoa à minha frente, abracei-o e disse que não deixaria ninguém o machucar nunca mais. Talvez fosse exagero meu, mas era o sentimento naquela hora. Thomas, o homem, me pareceu um menino ferido, indefeso e suplicando por ajuda, para o carregarem no colo. E foi o que fiz. Acertos? Erros? Bem, os passos futuros iriam dizer se o que fiz foi a melhor escolha. E assim, Thomas tinha se tornado não somente aquele que precisava provar ser o maioral na faculdade, como também cético e racional para com tudo e todos. E, no meu íntimo, queria muito acreditar que mesmo passando por tudo isso, ele conseguiria se tornar um marido fiel e um pai zeloso. Joguei minhas expectativas lá para o alto, acreditando poder fazer desse relacionamento algo parecido com o que meus pais mostraram a mim e a Steve do que um casamento precisa ser.

Logo após nossa formatura, decidimos morar juntos. Ele conseguiu um emprego por intermédio da faculdade num museu, dando palestras sobre as obras que eram exibidas. Enquanto isso, eu terminava minha residência em psiquiatria. Demorei um pouco para decidir em qual área específica eu trabalharia, mas algo sempre me puxou para a psique humana, sem entender muito o porquê na época.

Enfim, quando acabei minha residência, resolvemos que iríamos morar em um lugar tranquilo, longe de centros urbanos. Optamos por encontrar algum lugar no sudeste do país, onde não ficaríamos muito longe de minha família, nem longe de boas opções de férias para nossos futuros filhos. Elizabeth foi para a costa oeste iniciar sua nova vida. Infelizmente, não foi como ela sonhou. Logo após ela e seu namorado se formarem, eles se casaram, e foi naquele momento que percebi uma mudança repentina no comportamento de seu então marido. Um ciúme sem igual, uma possessividade ímpar, e tentei alertar Liz, mas ela, apaixonada, falou que isso era somente minha imaginação. Como não podia decidir pelo destino dela, somente orei para que conseguisse perceber o erro antes que fosse tarde demais. Foram embora para Sacramento, onde ela abriu sua clínica de psicoterapia para pacientes com traumas e estresse pós-traumático. Mas sua vida não estava fácil: além da carga pesada de emoções vindas de seus pacientes, seu marido se tornou uma pessoa irredutivelmente ciumenta, controladora e perigosa. Em vários de nossos telefonemas, Liz chorava e dizia não saber mais o que fazer. Amava seu marido, mas a situação estava insuportável. Não cabia a mim dizer o que ela deveria fazer, como amiga, eu somente poderia aconselhar a escutar seu coração o mais honestamente possível. Disse a ela que, se precisasse, meu irmão lhe daria toda a assistência necessária, era da área criminal, porém poderia lhe aconselhar sobre seus direitos. E foi assim que Liz e Steve conversaram pela primeira vez. Ela, por fim, pediu uma ordem de restrição contra seu marido, e logo em seguida, entrou com o pedido de divórcio. Neste meio tempo, engravidei, e Elizabeth conseguiu se aproximar um pouco mais da nossa família, pois queria saber tudo sobre o novo neném que chegaria em breve.

Eddie nasceu apenas um ano e meio após nossa mudança, e Barbra veio para alegrar ainda mais nossas vidas cinco anos depois. Felizmente, o avô materno teve a oportunidade de conhecer os dois. Meu pai, já muito doente por conta da idade e de todos os anos de trabalho duro na fábrica, foi-se quando as crianças ainda eram muito pequenas. Steve havia voltado para casa, o que me deixou mais tranquila em relação à minha mãe.

V

A gente sabe que todo relacionamento tem seus altos e baixos. A convivência traz a mesmice, frequentemente levando à monotonia de uma vida a dois sem surpresas; para mim, foi uma rotina sem graça e uma vontade de desaparecer do mundo sem deixar rastros. Engraçado como nossos desejos são ouvidos pelo Universo. No até então comum, mas que acabaria por ser fatídico, dia, uma peça infantil estava em cartaz no teatro perto da casa da vovó Susan. Todos os adultos ficaram empolgados por ter a oportunidade de levar as crianças para assistir a uma peça teatral. Minha mãe preferiu ficar em casa e preparar algumas guloseimas a mais para a família. Concordei que seria ótimo voltarmos para casa e apreciarmos uma mesa farta, pois o teatro seria, com certeza, uma experiência nova para os pequenos.

Na verdade, as crianças não estavam no clima. Elas queriam ir ao parque.

— Eu gostaria de ir ao parque também. Afinal, seu pai e eu adoramos levá-los ao parque. Mas vamos ao teatro hoje, tá bom? Você vai gostar da peça. É para crianças e bem divertida. Amanhã a gente vai ao parque. Hoje está meio friozinho para ficarmos ao ar livre.

— Mamãe, papai, meu sonho! Lembra do fogo? Por favor, mãe, por favor, não vamos lá — diz Barbra.

— Não se preocupe, querida. Sonhos são apenas sonhos. Já comprei os ingressos. A gente está de férias; vamos nos divertir bastante. O tio Steve vai conosco.

Naquele momento eu não tinha a menor ideia de que havia acabado de tomar a pior decisão da minha vida.

Ao chegarmos ao teatro, um pouco antes do primeiro ato, as crianças pediram para ir ao banheiro, mas como estávamos muito ansiosos para encontrar nossos lugares, Thomas falou para Eddie levar a irmã com ele ao lavatório enquanto tentávamos encontrar nossa fileira. Dissemos que ficaríamos em pé nos lugares para que eles pudessem nos encontrar. Foi então que, de repente, minutos depois alguém gritou:

— FOGO, FOGO!!!!!! O teatro está pegando FOGO!

Naquele momento, sem pensar em nada, peguei a mão de Thomas e corremos para o banheiro, mas não conseguimos chegar lá porque todo mundo estava correndo de um lado para o outro; pessoas estavam sendo pisoteadas. Oh, meu Deus! Foi horrível. Parecia um filme de horror! Se eu não tivesse visto com meus próprios olhos, não teria acreditado. Aconteceu tão rápido e, para meu desespero, não pude fazer nada. Fiquei chocada. Tentei me aproximar para salvar meus filhos, mas tudo rapidamente estava em chamas.

Tirei meu casaquinho e tentei proteger meu rosto da fumaça que me sufocava. Com muitas dificuldades, consegui chegar ao banheiro e vi Eddie caído no chão, já perdendo a consciência por conta da fumaça.

Eu imediatamente o coloquei em meu colo e tentei reanimá-lo. Consegui molhar um pouco seu rosto e resfriar sua pele, foi quando ele abriu seus olhinhos em total pavor.

— Você está bem?

— Sim, eu acho..., mas... onde está Barbra? Ela soltou da minha mão!

— Seu pai e tio Steve estão procurando por ela.

Quando me levantei do chão com Eddie em meus braços, vi Thomas correndo em nossa direção dizendo que não encontrou Barbra, apenas a sua Barbie...

O desespero tomou conta de nós.

Meu Deus! Cadê minha filha? ONDE?

Eu gritava, pedia ajuda, mas ninguém me dava atenção.

Todo mundo estava tentando se salvar. Dezenas de pessoas corriam sem direção certa, o caos estava tomando conta de todos.

A única coisa que eu podia fazer era orar. Eu gritava minha oração para todos os lados.

— Deus! Nosso Deus Poderoso! Salve nossa filha! Por favor, tire a MINHA vida, não a DELA! Use seu poder e salve minha filha! Eu lhe imploro!

Eu não conseguia nem me mexer mais. Eu estava quase perdendo a consciência.

Thomas e Steve nos tiraram de lá o mais rápido possível.

Com chamas enormes, em questão de horas, o teatro desabou.

Apenas destroços, fumaça, cinzas! Três idosos foram dados como desaparecidos, dezenas de outros tiveram queimaduras, ferimentos – estes estavam esperando para serem levados para os hospitais mais próximos.

Mas... e quanto à Barbra!?

Todo o teatro foi consumido pelas chamas enquanto aqueles que conseguiram sair eram auxiliados pelo corpo de bombeiros.

Logo a notícia se espalhou, e dezenas de pessoas, entre familiares, amigos e curiosos, aglomeraram-se às imediações do teatro destruído.

Equipes médicas tentaram socorrer pessoas que estavam com dificuldade de se locomover, outras estavam inertes, sem reação, algumas intoxicadas pela fumaça, que ainda estava intensa e poluindo todo o ar ao redor.

Foi uma cena horrível, horrível, mas não pior de como

estava me sentindo.

Todo mundo que assistiu ao desabamento do teatro sabia que seria muito difícil, praticamente impossível, alguém ainda estar vivo no meio dos destroços.

Felizmente, os acessos de saída funcionaram bem, e a maioria das pessoas conseguiu escapar ilesa ou com apenas alguns arranhões, cortes, ferimentos, ou falta de ar.

Onze pessoas feridas foram socorridas; algumas foram pisoteadas, gravemente feridas, mas os bombeiros as resgataram com vida.

Alguns perderam a consciência e não tiveram a mesma sorte. Foram três pessoas que perderam a vida naquele local.

Bombeiros passaram a noite toda até o amanhecer para tentar conter e apagar o fogo.

Como alguns dos corpos estavam desfigurados por conta do fogo, as famílias só puderam reconhecer seus entes queridos por algum objeto particular, um anel, uma corrente, e, em um dos casos, somente a perícia forense poderia determinar quem era a pessoa por meio de um pedaço de osso quebrado para colocar em um caixão.

Mas como alguém pode explicar o porquê de algumas pessoas terem conseguido se salvar de tamanho infortúnio e outras não? Como explicar o porquê de aquelas três pessoas não terem saído com vida do teatro? Seria uma seleção casual da vida? Falta de sorte? Ou pouca fé em algum tipo de salvação divina? Sou médica, embora meu ceticismo profissional não dê muito espaço para tal, fui criada na religiosidade e ainda acredito em milagres. E aquelas três pessoas, será que não? Algumas coisas são indecifráveis.

Embora as autoridades não tenham encontrado o corpo de Barbra, toda a família ficou procurando por algo em que intimamente acreditavam com todo fervor.

Eu ainda tinha alguma esperança de encontrar minha filha viva.

VI

O desastre do teatro foi tão chocante que a notícia logo se espalhou. Assim que soube do incidente, Liz nos ligou, assustada e apavorada com o que tinha visto online. Eu, chorando muito, precisava ouvir a voz de minha amiga, alguém para me dar um rumo, pois tudo estava muito confuso em minha cabeça. Meu coração dizia uma coisa, meu raciocínio estava perdido naquela fuligem, não sabia ao certo o que pensar, como agir, por onde seguir. Meu irmão tomou as rédeas da situação. Nós dois, Thomas e eu, não conseguíamos ter forças para qualquer decisão. Eddie estava em choque, assustado e tendo sobressaltos em cada cochilo que tirava. Elizabeth foi extremamente generosa e fazia vídeo conferências com ele para que seu trauma fosse minimizado. É claro que tal experiência horrível nunca desapareceria, mas a capacidade profissional de minha amiga foi de extrema valia naquele momento, e as sessões de terapia que Eddie fez o ajudaram a se acalmar e tentar levar os dias mais normalmente.

Eu queria muito que Liz estivesse ali presente, mas sabia das limitações de agenda que ela tinha também. Não seria justo de minha parte pedir que ela viesse para ficar conosco. Mamãe insistiu para que eu a convidasse a ficar na sua casa, junto com todos, mas tentei ao máximo fazê-la entender que isso não seria possível naquele momento. Por mais amiga que Liz fosse, esse era o momento da família Woodson, nós tínhamos que lidar com tudo o que estava acontecendo da melhor maneira juntos! Haveria outros momentos em que poderíamos convidar Elizabeth a passar uma temporada conosco, se Deus quisesse, com a família toda completa. Nossa Barbra TERIA que estar junto para que pudéssemos aproveitar a vinda de Liz. Prometi a mim mesma que, assim que encontrasse minha filha, uma das primeiras coisas que faria seria 'exigir' a presença de minha melhor amiga junto de todos.

   O hospital onde eu trabalhava também entrou em contato. A gerente do Recursos Humanos perguntou se havia alguma coisa que eles poderiam fazer para ajudar, e fiquei realmente tocada com a bondade da empresa onde trabalhava. Disse a ela que, por hora, nada poderia ser feito, eu não poderia deixar de lado meu trabalho, mas não tinha estrutura para pensar em voltar naquele momento, minha família estava sempre em primeiro lugar.

— Claro, Dra. Woodson, nós compreendemos esse momento de dor e tensão familiar. Eu terei uma reunião com os diretores do hospital hoje à tarde e explicarei a situação — ela falou.

Algumas horas mais tarde, recebi o retorno do hospital, a gerente me informou que o hospital poderia me ceder uma licença sem remuneração por tempo indeterminado, considerando todos os anos de trabalho e dedicação com os pacientes que tive na minha trajetória profissional. Desliguei o telefone, tomei um remédio para conseguir dormir um pouco e tive o mais estranho dos sonhos.

Nele, estávamos nós quatro em um balão, sobrevoando a casa de vovó Susan. Pude ver a árvore onde o clubinho de Steve ficava, mamãe estendendo algumas peças de roupa no varal, e as crianças correndo ao redor da casa. Mas...como aquilo era possível? Elas estavam conosco no balão! Olhei ao meu redor para ter certeza de que todos estávamos ali, e sim, estavam. Novamente olhei para a cena abaixo de mim, e desta vez Barbra estava correndo sozinha, mas não mais brincando. Estava fugindo de algo, ou de alguém que não consegui ver direito. Aquilo me deixou muito aflita, gritei por ela, para que ela subisse na árvore do clubinho, mas ela não conseguiu me escutar. Continuava correndo sem parar, sem destino, dando voltas e voltas em torno do terreno. Meu coração batia forte, eu queria saltar dali para poder ajudá-la, mas quando olhei para meus lados, tanto Thomas como Eddie e Barbra estavam rindo de toda situação. "Parem", eu gritei no sonho. "Ela está em perigo! Vocês não conseguem ver isso?"

Thomas olhou para mim com um ar de quem não estava entendendo o que eu dizia, e ainda por cima, complementou seu olhar com a seguinte frase: "Por que se preocupa tanto se sabe o que ela pode fazer?" Não entendi nada no momento, e as palavras que eu queria pronunciar simplesmente não saíam da minha boca, eu tinha ficado muda!

A Barbra do balão pegou minha mão e a apertou com força, olhou para a versão dela mesma lá embaixo, virou sua cabecinha para mim e falou: *"Tá tudo certo"*.

Acordei ensopada de suor.

VII

Para a perplexidade de todos, a Perícia da equipe de bombeiros, a polícia técnica e investigadores da seguradora do teatro – após três meses de análises, estudos e testes – concluíram que o incêndio não havia sido acidental: nem por falha elétrica, nem por vazamento de gás. O incêndio havia sido premeditado, foram encontradas duas pequenas latas de querosene colocadas estrategicamente perto das pernas do teatro, aquela parte lateral onde estão os painéis verticais que escondem as dependências laterais do palco para a plateia, para que o fogo se alastrasse mais rapidamente.

Steve acompanhava toda a investigação de perto, o que foi muito bom, afinal, ele havia se especializado na área de direito criminalista. Coisas da vida que acontecem sem sabermos o porquê, mas em algum tempo futuro as peças se encaixam... Meu irmão nos ajudou muito, pois meu marido e eu estávamos ainda em estado de choque. Eu, ao menos, estava. Quem relatou isso a ele foi o delegado encarregado da investigação, Dr. Xavier.

— Então quiseram colocar fogo no teatro? Intencionalmente?

— Sim. Difícil de acreditar.

— Meu Deus, quem faria tal barbaridade? E....por quê?

— Não sei se poderemos um dia explicar o porquê de as pessoas terem atos tão irracionais, mas você se lembra de quando aqueles dois adolescentes invadiram uma escola carregando armas poderosíssimas? — quis saber Steve. Nada podia explicar a razão daquilo. Ou do fato de que uma pessoa pode explodir uma bomba no meio de uma competição, ou ainda...

Não prestei muita atenção aos comentários seguintes, pois eu estava incrédula com tanta maldade. Nunca tinha pensado que algo tão ruim realmente pudesse chegar até nossa família.

— Felizmente, o teatro tinha cópias de todas as imagens automaticamente salvas em nuvem, embora todo o equipamento tenha sido consumido pelas chamas, pudemos recuperar o que estava salvo. E pelas imagens das câmeras do teatro e das casas da rua, não se via nada suspeito, a não ser um casal bem velhinho que entrou no teatro carregando uma sacola segundos antes de o fogo iniciar e saíram correndo logo em seguida com uma criança no colo, entrando numa van, sem a sacola, reportou o delegado Xavier a Steve.

— Casal bem velhinho? Sacola? Com uma criança no colo?

— Correndo? Steve questiona com incredulidade, e me faz voltar de meus pensamentos. O delegado Xavier, pela sua expressão, já esperava nosso comentário:

— Precisamos abrir um boletim de ocorrência! — digo, aflita. Já vimos na tv algumas reportagens sobre outros incêndios criminosos, alguns deles até com crianças e adolescentes desaparecidos! Meu Deus, será uma quadrilha especializada em sequestros de menores? Faria todo sentido eles se fantasiarem dos mais diversos modos!

— Que horror, é muita maldade! Eles destruíram não somente famílias, também acabaram com vários patrimônios! Eu lembro, assisti a um documentário sobre o sumiço de cinco crianças num incêndio em West Virginia, em 1945, e seus restos nunca foram encontrados. Os pais acreditavam piamente que elas haviam sido sequestradas, muito provavelmente antes de o incêndio começar, conta Steve a nosso pequeno grupo.

— Infelizmente, não parece ser um caso isolado. Já houve casos semelhantes, coincidências ou não, mas todos eles ocorreram em eventos ligados a crianças, nos quais ao menos uma delas desapareceu sem deixar vestígios. Até hoje estes casos estão em aberto, não nos damos por convencidos de que essas crianças estão mortas.

Não sei se é possível alguém se sentir da forma como me senti naquele momento, tão horrorizada com os fatos recém contados e, ao mesmo tempo, tão esperançosa de poder encontrar minha pequena menina. São muitos os casos de crianças que são tiradas de suas famílias para tráfico internacional de adoção; as páginas de crianças desaparecidas no mundo não param de crescer, uma realidade amedrontadora, muito triste e cruel. A mancha amarga que as famílias trazem em seus corações, sem saber se seus filhos estão vivos ou não em algum lugar do mundo, é uma cicatriz eterna na alma do ser humano. Não se pode mensurar a mesquinhez, a maldade do outro, afinal, até onde pode chegar a ganância do ser? Já ouvi relatos e mais relatos de crianças desaparecidas que servem para tráfico de órgãos, o que me deixa horrorizada em imaginar a possibilidade de isso acontecer com alguém que eu conheça. Quisera eu ter poderes para aniquilar todas as quadrilhas envolvidas em tanta maldade, tanta perversidade! Mas meu íntimo diz que Barbra não está em outro país, Barbra continua viva e esperando por nós em algum lugar não muito distante de onde estamos agora. Só me resta continuar acreditando no meu coração de mãe!

VIII

Somos uma família comum como tantas outras no mundo. Eddie, hoje com dez anos, joga basquete e futebol, pratica natação e estuda muito. Diz:
— Eu quero ser engenheiro ou arquiteto. Vou construir os prédios e casas mais seguras do mundo. Não foi justo o que aconteceu com aquelas pessoas, especialmente com minha irmã. Todos os meus projetos serão à prova de fogo.

Meu filho está muito revoltado desde que Barbra nos

deixou. A cena está gravada em sua memória. E de todos nós. Barbra, que agora faria cinco anos, era uma garotinha feliz, que gostava de brincar de pega-pega, fazer bonecos de neve e brincar com suas Barbies.

Eu conversava com Elizabeth quase sussurrando pelo telefone. A casa estava em silêncio, cada integrante da família realizando seus afazeres ou procurando algo para passar o tempo e desfrutar de uma distração momentânea. Após alguns minutos, Eddie, pela fresta da porta semiaberta, me viu chegando mais perto do quarto no qual estava. Eu não precisei dizer nada, seus olhos davam-me permissão para entrar, como se ele já soubesse do que se tratava, e eu simplesmente levei o meu celular até as palmas de suas mãos.

— Tia Elizabeth quer dar um oi, querido.

— Obrigado, mamãe — respondeu meu garoto, com um tom doce em suas palavras, e recebeu o celular envolvendo-o com seus dedos.

Ele permaneceu fitando-me por um instante, e eu entendi que necessitava de privacidade para conversar com minha amiga — além de também ser confidente e psicóloga em momentos diversos de minha vida. Mesmo que a ética profissional a impedisse de realizar um tratamento contínuo comigo e minha família, era claro que vivíamos um período de exceção e urgência em nosso núcleo familiar. Seus conselhos haviam sido de extrema valia no período de isolamento que passamos dentro de nossa casa durante a pandemia; mais do que os conselhos psicológicos, sua sensibilidade e amizade sempre ajudaram a manter meus pés no chão e minha mente mais calma. Resultados esses que também esperava para o meu garoto em meio a um momento tão turbulento de nossas vidas.

Acenei com a cabeça e saí do quarto, deixando a porta encostada. Sabia que Eddie, mesmo que ainda pequeno, precisava de sua privacidade e espaço próprio, mas meu instinto materno, ainda mais aguçado desde o incidente do incêndio e sumiço de Barbra, não me permitia ficar longe. Tirei meus chinelos e voltei alguns passos até encostar meu rosto perto da porta.

Alguns segundos de silêncio. Parecia que Eddie nem se encontrava mais ali dentro, de tão quieto que tudo estava, até que pude ouvir alguns sons como palavras balbuciadas pelo ar. Mas elas vinham de outros cômodos, talvez da cozinha ou da varanda, não de dentro do quarto. Cheguei um pouco mais perto e encostei minha orelha perto da maçaneta. Nenhuma palavra era pronunciada, mas os sons que surgiam de dentro do cômodo fizeram com que eu fechasse os olhos e segurasse minhas lágrimas.

Meu pequeno garoto soluçava e esforçava-se para conter o choro ao passo que respondia monossilabicamente algumas perguntas de minha amiga. Eu não havia combinado nada de antemão com ela, nem perguntei quais seriam as indagações, apenas concordamos, durante uma breve conversa, que seria uma boa ideia eles terem um diálogo mais pessoal, mesmo que apenas pelo telefone, no momento.

Assim como Eddie, eu também me esforçava para controlar os sentimentos e não deixar transparecer tudo aquilo que borbulhava em meu interior. Mais um momento de silêncio, apenas minha própria respiração podia ser ouvida, e eu tentei canalizar a energia para que minha audição estivesse mais sensível e atenta. Novamente, um soluço surgiu dentro do quarto, e outro, e cada um deles era um pouco mais alto do que os anteriores, e então, finalmente, todo o choro contido quebrou suas barreiras e começou a transbordar.

Em meio às lágrimas, soluços e palavras quebradas, uma frase tornou-se clara, e cada vez mais clara ao passo que era repetidamente pronunciada...

— ... minha culpa, tia... foi tu tudo... mi minha culpa!

(mais um momento de silêncio, Elizabeth provavelmente falava com ele)

— Eu tinha que ter... ter cuidado dela, eu que quis levar a Barbra comigo... eu devia ter cuidado dela... o te tempo... o tempo todo!

Foram as últimas palavras que consegui escutar e entender. Alguns minutos depois, Eddie ainda soluçava e, mesmo do outro lado da porta, era possível saber que derramava algumas lágrimas. Os sons foram diminuindo, os soluços desapareceram e tudo se acalmava novamente. Após um instante, silêncio total. Cheguei a quase encostar minha orelha na porta quando comecei a ouvir alguns passos dentro do quarto. Levantei-me rapidamente e dei alguns passos para trás, quase chegando até a porta do quarto vizinho. Quando meu menino abriu a porta, virei-me para ele e nos entreolhamos por alguns segundos.

Eddie parecia calmo e recomposto. Nenhum sinal de choro ou nervosismo em seu pequeno rosto. Devolveu-me o celular e disse que iria assistir à televisão na sala. Dei um beijo em sua cabeça e fui para a cozinha preparar o seu suco preferido. Tentei segurar a ansiedade e esperar algum tempo até ligar para minha amiga, mas não contive minha curiosidade e preocupação quanto ao que haviam conversado minutos antes.

Ainda na cozinha, liguei para Elizabeth enquanto lavava algumas frutas e, antes mesmo que eu pudesse dizer ou perguntar qualquer coisa, ela começou:

— Está tudo bem, minha amiga. Ele está bem! Um pouco nervoso e ainda se sentindo culpado, mas conversamos bastante e ele já está mais tranquilo. Com o tempo, toda essa nuvem da culpa e pesadelos que o afligem irá desaparecer.

— Ahh, Elizabeth, você não sabe como isso me deixa mais tranquila! — respondi, soltando a respiração e permitindo que minha mente e corpo pudessem sentir um pouco de paz. — Sua amizade é um dos maiores presentes que já ganhei em minha vida. Nossa família tem tanta sorte em ter você por perto, amiga...

— Eu posso dizer o mesmo, Laura. Eu gostaria de estar mais perto, prometo que farei de tudo para visitá-los assim que possível.

— Estaremos te esperando de braços abertos, Beth. Você sabe que as portas estão sempre abertas para você. Minha mãe também sente sua falta e sempre pergunta como você está.

— Ah, que querida, mande um beijão para ela! Também estou com muita saudade de vocês... — um breve silêncio preencheu a ausência de palavras. — Amiga, eu só gostaria de lhe dizer uma coisa que me chamou um pouco atenção em minha conversa com o Eddie...

— Sim... por favor, pode me contar o que for...

— Quando chegamos na parte do incêndio, eu o deixei bem à vontade para falar sobre todas as memórias ou qualquer outra coisa que ele se lembrasse. Apesar da dificuldade para revisitar algumas memórias e se lembrar dos detalhes, uma simples informação chamou minha atenção: ele me disse que assim que o fogo começou, ainda antes que os bombeiros ou policiais fossem chamados, ele conseguiu mandar uma mensagem para a Polícia através do celular de uma pessoa que estava por perto.

— Huummm... sim, acho que isso é um pouco estranho mesmo, não esperaria que ele se lembrasse do número da Polícia para chamá-los, ainda mais num momento daqueles...

— Essa que é a questão, amiga! Ele não sabia qual era o número! Pelo que me contou, não chegou nem perto do celular. Quando o dono do aparelho o puxou do bolso para chamar ajuda, uma policial já estava na linha para receber as instruções.

Fiquei em silêncio por alguns segundos, sem conseguir pronunciar uma só palavra. Essa pequena informação trazia uma nova luz para muitas coisas que, até então, ainda eram apenas suposições em nossa família. Nosso pequeno Eddie poderia ser muito mais especial do que já acreditávamos. Meu precioso filho também carregava em si um poder que ainda não havia sido explorado.

Thomas, coitado, não cede, mas sei que tem sofrido muito. Outro dia eu o ouvi chorando como uma criança no quarto da nossa princesinha, segurando uma das bonecas dela. Eu o abracei forte para acalmá-lo e para me confortar também. Tem sido difícil suportar a dor.

Vovó Susan ficou muito fragilizada desde então. Ela chora sempre que vê uma foto da neta. Ela também tem pesadelos e às vezes acorda derramando lágrimas. Pergunto a ela o que está sentindo, mas ela não consegue encontrar outras palavras a não ser "ela não se foi, eu sei muito bem disso". No entanto, quando peço para que ela diga mais a respeito, tudo o que responde é "você logo irá entender".

"Passamos por momentos difíceis. Passamos noites sem dormir. Mas devemos ser fortes. Afinal, a vida deve continuar", penso.

Uma noite, eu disse ao Thomas:

— Olhe para o Eddie. Ele está dormindo profundamente. E seguro.

Thomas olha para mim, confuso.

— O que você quer dizer?

— Quero dizer que tudo poderia ser muito pior se Eddie também estivesse desaparecido. Se eu pudesse voltar no tempo... Ah! Eu nunca vou me perdoar pelo que aconteceu. Eles queriam tanto ir ao parque!!! E eu, estupidamente...

— Laura, não foi sua culpa! Não se sinta mal. Você não é culpada. Ninguém é. Já te falei isso inúmeras vezes. Às vezes as coisas acontecem quando menos se espera.

— O que eu fiz para merecer esse sofrimento? O que eu fiz errado? O que NÓS fizemos? Eu faria qualquer coisa... qualquer coisa nesta maldita vida para trazer nossa Barbra de volta.

Suspiro profunda e demoradamente...

— E se Deus me ajudar, eu vou...

— Querida, o Eddie vai achar que você está maluca.

— Eu não estou louca. Você vai ver.

— Barbra se foi! — diz Thomas, quase sem poder acreditar que estava realmente pronunciando essas palavras.

— Não tenho certeza! Aliás, nunca tive.

— Laura, eu sei que nunca encontramos nada de nossa filha, nenhuma prova de sua morte, e essa é uma ferida que ainda está aberta em nossas vidas, cicatrizando de forma lenta e dolorosa, mas o que nós podemos fazer? Até quando iremos continuar vivendo dessa forma, acreditando em sinais nebulosos, mensagens e visões do além?

— Pelo amor de Deus! Você tem que acreditar que ela está viva! Eu, como mãe, sinto isso! Eu nunca vi o corpo. Eles nem encontraram prova dental. Ela nem teve um enterro digno, tampouco pudemos levar flores e muito menos rezar por ela no cemitério porque não há lápide.

IX

— É hora de lhe dizer que algumas coisas estranhas têm acontecido comigo ultimamente, Thomas, mas só hoje resolvi lhe contar.
— Você ainda não se convenceu de que infelizmente nossa filha está mor...?
— PARE!! PODE PARAR!! Nunca mais fale isso de novo! Ouviu?!!
— Eu sei que foi muito doloroso para você e isso é compreensível. Mas ouça-me. Se Barbra estivesse viva,

ela ou qualquer outra pessoa não entraria em contato conosco!?

— Ela está...

— Ela está... o quê!?

Pauso e escolho muito bem minhas palavras.

— Eu tenho algumas razões muito fortes para achar que a nossa filha está VIVA!

— Como assim?! Que razões são essas?

— Thomas, preste bem atenção e escute o que vou revelar! Eu juntei alguns acontecimentos para enfim lhe contar. SIM, Barbra está tentando entrar em contato.

— Como assim?? Como que ela pode estar entrando em contato? Se ela está... — interrompo a frase de meu marido.

— Em primeiro lugar, acredite em mim. Eu PRECISO que você acredite em mim. Eu não sou nem estou louca.

— Estou confuso. Aonde quer chegar com isso?

— Ouça-me com muita, muita atenção: nossa filha Barbra tem alguns poderes. Ela é paranormal. E só agora, após os acontecimentos, é que comecei a ligar...

Agora é Thomas quem me interrompe bruscamente:

— Poderes? Do que você está falando? Paranormal? Pare, Laura, isso é irreal! — Thomas esbraveja, olhando diretamente para mim.

— Pode apostar que sim!

— Isso me dá arrepios. Não gosto desses assuntos, não entendo nada sobre isso!!

— Lembra do que minha mãe contou para nós na noite anterior ao incêndio?

— O quê, especificamente?

— Quando Barbra tinha 5, 6 meses, que ela deixou cair a chupeta do berço e não conseguia alcançá-la?

— Sim, lembro, sim. Pensei que vovó estava apenas querendo impressionar Eddie, que se divertia com as histórias.

— Pois é, mas Vovó Susan jura que, ao entrar no quarto de Barbra, ficou maravilhada ao ver a bebê olhando para a chupeta enquanto inexplicavelmente vinha em direção a ela lentamente, como mágica.

O que ela não contou a mais ninguém além de mim naquela noite foi que viu Barbra em outras situações similares depois daquilo. Ela depois me chamou num canto da casa e disse que, um dia, quando estava preparando a mamadeira da Barbra, virou-se por um instante para desligar o fogo do leite, que estava amornando, e foi quando, sem motivo algum, a mamadeira vazia escorregou, caiu no chão e inexplicavelmente se deslocou em direção à cadeirinha em que Barbra estava sentada; viu a neném olhando fixamente para a mamadeira e mexendo suas mãozinhas como se quisesse pegá-la à distância. Eu não contei isso antes a você porque não queria preocupá-lo, até porque isso também aconteceu comigo quando eu era muito pequena.

— Do que você está falando? — pergunta Thomas, intrigado.

Senti que meu casamento todo dependia daquela revelação, se Thomas iria mesmo acreditar em mim e em tudo que eu sentia em relação à Barbra naquele momento. Seria o divisor de águas de nosso relacionamento. E como ele tinha me dado seu voto de confiança anos atrás, ao revelar seu passado, respirei muito fundo e prossegui:

— Quando Steve e eu éramos pequenos, um circo chegou à cidade. Como você sabe, todo circo tem, além dos palhaços e animais, um mágico, certo?

— Ok.

— Então, quando esse mágico fez com que um lenço colorido levitasse bem na minha frente, fiquei maravilhada! É claro que ele fez também outros truques, mas o lenço me fascinou. Pensei comigo que tentaria fazer aquele truque em casa, mas não disse a ninguém. Já na manhã seguinte, peguei meu lenço favorito, coloquei em cima da cômoda e, usando um pedacinho de galho que encontrei no quintal de casa para servir de varinha, o movi em direção ao lenço, pronunciando, o que pensava ser, palavras mágicas, fazendo muita força mental. Nada aconteceu, mas obstinada que sou, tentei e tentei, até que resolvi fechar meus olhos e usar toda minha capacidade mental. E, para minha surpresa, quando abri meus olhos, o lenço estava ali, dançando na minha frente! Aquilo me maravilhou mais do que assustou, e passei a tentar mover outros objetos, nunca contando para mamãe e muito menos a Steve.

— Caramba! E até quando você conseguiu guardar segredo disso? Porque, para mim, você nunca contou nada parecido!

— Bem, tudo mudou quando entrei na escola. Na hora

do recreio, divertia meus coleguinhas ao formar palavras com as letrinhas da sopa do lanche. Todos achavam graça. No entanto, percebia que um dos colegas ficava mais distante, somente observando. Ele não era um dos meus amigos preferidos. Mesmo assim, o que ele começou a dizer sobre mim na escola me deixou muito triste.

— E o que foi que ele disse?

— Começou a espalhar para meus amigos que eu era uma aberração, pois pessoas normais não fariam o que eu podia fazer. O comentário cresceu a tal nível que fui me sentindo cada vez mais isolada. Até que descobri o que realmente diziam sobre mim, chorei muito em casa, acabei contando para mamãe e ela sugeriu que eu dissesse a todos que tudo era apenas um truque de mágica, nada daquilo era verdade. Mas isso me marcou muito. E acabei por bloquear essas memórias. Consegui lembrar delas anos depois, já quando estava no início da faculdade, em uma conversa com a vovó Susan. Foi uma conversa muito esclarecedora, pois nunca poderia imaginar que Barbra teria os mesmos poderes, nem sabia que tais forças eram hereditárias.

E mais, outro dia, Alexa ligou sozinha e começou a tocar a música "Brilha, Brilha, Estrelinha". Não é intrigante? É um sinal, uma prova de que nossa filha...

Percebendo que eu poderia não estar completamente errada ou fora de mim, Thomas interrompeu minha frase e disse, esperançoso:

— Pela primeira vez, eu acho que você tem algo a que eu possa me agarrar, Laura. É difícil perceber que uma pessoa é paranormal mesmo que essa pessoa seja seu próprio filho ou filha.

X

...ainda não consegui dormir. Estou começando a voltar no tempo em nossas vidas para tentar lembrar como nossa Barbra era quando ela ainda era um bebê e então...
— Thomas, acorde! Acorde!
— Uuh! O quê?
— Olhe para mim e ouça! É muito importante!
— Sou...zz...zzz... todo ouvidos — ele fala, bocejando.
— Pode parecer loucura, eu sei que isso soa como loucura, mas nossa filha pode estar viva mesmo!

— Isso não faz sentido.
— Mas faz. Realmente faz.
— Lembra do dia do teatro?
— Claro.
— Lembra do incêndio?
—Ó, meu Deus! Lógico, claro que eu lembro, como poderia esquecer? Mas... por que você está me pergun..?
— Lembra que a Barbra teve um pesadelo na noite anterior ao incêndio? — interrompo Thomas antes que ele continuasse sua pergunta.
— Lembra quando fomos todos ao teatro? Vou repetir as próprias palavras de Barbra, que chamou nossa atenção naquele momento, mas não demos muita importância ao que ela disse:
"Mamãe, papai, por favor, lembram do meu sonho? Por favor, não vamos lá".

— Pode parecer loucura, alucinação, fruto da minha imaginação, mas agora chegou a hora de contar a você o que vem me perturbando já por algum tempo, e cada vez mais me leva a acreditar que não, não estou louca. Sente-se, vou lhe falar coisas muito bizarras que já aconteceram em relação à nossa filha.

Thomas me pareceu perturbado, seu semblante estava pálido e apreensivo. Antes que ele dissesse qualquer coisa, começo a contar:

— No dia em que Barbra estava completando três anos, ela me disse que não queria festa. Ela queria patinar no gelo com os coleguinhas da escola com quem ela estudava, lembra?

— Claro. Eu que levei vocês lá antes de ir trabalhar. Mas, o que isso tem a ver com...?
— Querido, todo mundo estava se divertindo, menos Barbra. Como eram quase cinco da tarde, eu disse:
— Hora de ir para casa! Está ficando tarde.
— Tão cedo, mãe? Ah! Mais um pouco, por favor! Tá divertido.
— Mas você é a única que não está se divertindo; você está apenas olhando seus amigos.

De repente, o gelo rachou e um dos amigos de Barbra, Mike, um menino de 4 anos, caiu na água gelada. Corri imediatamente para ajudar, mas o gelo era muito fino para andar.

Enquanto outras pessoas procuravam uma maneira de salvar o garoto, Barbra foi cuidadosamente até a beira do gelo rachado com uma corda que ela havia levado dentro da mochila. Mike ainda estava vivo. Ela jogou a corda e disse:

— Segura firme, Mike, vamos te salvar!
— Depressa! Me ajude! — ela gritou. Ela anda com cuidado para não rachar o gelo e leva o restante da corda até a mãe de Mike, que estava desesperada com a cena, e pede ajuda a mais duas mães. Com muito cuidado e empenho, conseguem tirá-lo de lá.

A mãe de Mike o aqueceu com seu sobretudo. Ele estava congelando, mas seguro.

Depois abracei minha filha e a elogiei:
— Parabéns, filha, você foi uma heroína, mas... Você colocou sua própria vida em perigo! Você poderia ter

caído na água congelada também!
— Mãe, é por isso que eu não queria ir para casa.
— Como assim!?
— Eu sabia disso. Ontem, ele me deu a jaqueta porque eu tava com frio. Quando eu vesti, vi ele caindo na água. Por isso peguei uma corda lá em casa e coloquei na mochila.
Fiquei atônita.
— Não é somente isso, Thomas. Houve outra situação numa ocasião que você estava fora da cidade para uma palestra. De noite, um barulho – parecia um tiro – vindo da cozinha me acordou e me deixou bem assustada. A primeira coisa que fiz foi correr para os quartos das crianças para protegê-los. Eles estavam dormindo. Ou ao menos pareciam estar. Tranquei as portas delas e voltei para o meu quarto para telefonar para a polícia. Enquanto isso, no andar de baixo, alguém gritava de dor: "Socorro! Feri minha perna. Estou sangrando! Não consigo me levantar."

Nossa! Que medo que eu senti! Eu fiquei apavorada! Minhas pernas tremiam e nem tive coragem de descer e ver quem estava gemendo de dor. Imaginei ser um ladrão, e eu estava certa. Logo os policiais chegaram, prenderam o bandido e o levaram para o distrito.

Mais tarde, conversando com o delegado, ele me conta a conversa com o ladrão. Disse ele ao meliante:

— Essa é a última vez que você vai assaltar uma casa. Agora você tem que me dizer toda a verdade. Como isso aconteceu? Quem trancou as portas? A história está muito confusa.

— Uma criança.
— Eu não estou brincando.
—É verdade. Foi uma maldita criança.
— Então, conte-nos tudo.
— Quando eu estava subindo a escada para procurar algo de valor, vi uma criança parada no topo da escada. Peguei o revólver e disse baixinho que eu não iria machucá-la e pedi pra ela não gritar, senão eu iria atirar. Quando apontei para ela, não sei como, minha arma virou pra baixo, disparou e me atingiu...
— O que diabos você está dizendo!?
— Eu sei que você não acredita em mim, mas é verdade.
— O que mais?
— Acredite, a maldita porta imediatamente se trancou. Tentei encontrar uma outra saída, mas o ferimento da perna não me deixou.
— Como assim?! Você acha que somos palhaços em acreditar nessa história esdrúxula?!
— Senhor oficial, eu juro, é a mais pura verdade. Por que que eu ia atirar em mim mesmo? Sou ladrão, mas não sou louco.
— Só falta agora você me dizer que a menina é filha do Doutor Estranho!
— Senhor, eu acho que essa menina deve ser filha do "coisa ruim"!
— E ainda houve aquele dia, da Alexa, lembra? — reforço meus comentários para Thomas, que, a esta altura, já estava completamente acordado e desperto. Vou lhe contar exatamente como me lembro desse dia.

Continuei:

— Era um dos dias mais quentes do verão. Possivelmente, um dos dias mais quentes daquele ano. Estávamos um pouco estressados com o calor infernal que fazia em nossa casa. Para ajudar, o ar-condicionado havia pifado no dia anterior e possuíamos apenas um pequeno ventilador de chão para trazer um pouco de refresco para nossa casa. Tentando relaxar um pouco e começar uma conversa que nos trouxesse um pouco de som para o silêncio que tomava nossa casa, resolvi fazer uma pergunta à Alexa que se encontrava ao lado de nossa TV:

— Alexa, hoje deve ser um dos dias mais quentes do ano. Qual é a temperatura no momento? — questionei, provocando a sua atenção que agora aguardava curioso a resposta da Alexa.

— A temperatura no momento é de 39 graus Celsius — respondeu a voz robótica de nossa inteligência artificial, nos deixando surpresos com o número, porém, a continuação de sua resposta foi o que nos deixou suando frio —, mas a sensação térmica nem se compara com o da temperatura do dia do incêndio do teatro.

— Eu e você nos olhamos atônitos. Uma luz piscava no aparelho da Alexa e, apesar do silêncio que se seguiu nas horas subsequentes, o som da resposta ecoou por todo aquele dia, por toda a nossa casa.

— Você ainda não está convencido? Ok, tem mais fatos para eu lhe contar.

Então lhe contei o que vem a seguir.

— Não sei explicar o porquê de isso acontecer somente a noite, mas é quando tudo está quieto que as coisas começam a se manifestar. Tempos atrás, a casa estava em silêncio e toda a cidade dormia tranquilamente. Ou, pelo menos, assim parecia ser naquela calma noite de verão. Eu não me lembro de ter fechado todas as janelas antes de ir para cama, mas, por alguma razão, acordei para ir ao banheiro, e percebi que uma delas estava aberta durante a madrugada. O que havia começado com um entardecer quente e tranquilo transformara-se lentamente numa noite densa e, embora quieta em seu início, ventos que sopravam forte e arrancavam algumas folhas de suas árvores apareceram.

Eu não sei dizer se foi o vento que abriu a janela do quarto de Barbra, mas, certamente, foi ele que tirou a boneca da minha pequena menina para dançar. Embora o vento estivesse forte e alguns poucos insetos 'cantassem' ao procurar algum lugar para se esconder da tempestade que era anunciada, eu só me dei conta de tudo quando meus ouvidos começaram a ouvir um som que me era conhecido... Um som que eu já ouvira muitas vezes antes, porém, uma música diferente da que eu estava acostumada. Ainda um pouco zonza de sono, segui o vento gelado que me guiava até o quarto de nossa filha. Havíamos deixado a maioria de suas coisas como tinham ficado desde o seu desaparecimento, mas, nessa noite, parecia que algumas coisas não estavam mais como antes...

Ao entrar no quarto, corri até a janela para fechar a

parte de vidro para bloquear a entrada do vento que invadia nossa casa. Olhei ao redor para ver se não havia nenhum pássaro, animal, ou outro inseto intruso buscando abrigo ali dentro, quando, lentamente, me dei conta de que a música que ouvia desde quando me levantei não era fruto de minha cabeça. Olhei perto da cama e a vi ali, a boneca que havia dado de presente à Barbra em seu aniversário de dois anos. Era uma daquelas bonecas que podiam cantar e dizer algumas frases fofas para as crianças ouvirem palavras doces e calmas desde pequenas. Entretanto, ao prestar atenção na letra da canção, meu coração começou a palpitar cada vez mais forte dentro do meu peito e minha respiração foi ficando ofegante.

"Brilha, brilha, estrelinha, brilha, brilha, lá no céu..."
A boneca não tinha essa canção gravada. Nunca havia falado ou cantado nada parecido! O mais surpreendente de tudo era que essa canção era justamente a canção que eu cantava para a Barbra desde que ela estava em minha barriga.

Não contive as lágrimas que se formavam em meus olhos e fui correndo tentar acordar você para que também pudesse testemunhar o que estava acontecendo. Ao acordá-lo, a noite já estava serena e quieta como antes, e a boneca parecia dormir tão tranquila em um sono profundo, assim como Barbra costumava dormir ao escutar a mesma canção saindo de meus lábios.

Thomas escutou todas as histórias, sem conseguir comentar nada. Posso até imaginar a força que sua mente estava tentando fazer para acreditar que aquilo tudo era verdade, contradizendo seu próprio instinto cético.

Depois de tantas revelações, pensei que meu marido fosse pedir para eu ir a algum colega meu para poder ser examinada. Realmente, pensei que ele, sempre muito racional e direto, não fosse acreditar no que eu tinha acabado de relatar. Tudo o que fez foi olhar para mim por muito tempo, sem dizer nada, me abraçar fortemente e falar em meu ouvido que ele e tudo mais ficaria bem, ele somente precisava de algum tempo para poder processar todas as informações que acabara de receber. É claro que entendi e achei justa a resposta que ele deu. Se a situação fosse ao contrário, se fosse eu a receber toda essa enxurrada de fatos, quem sabe também não precisasse desse tempo para digerir as informações?

Voltamos à cama e por mais que eu tentasse ter qualquer outro contato que pudesse significar que nossa filha estava, sim, tentando de alguma forma nos dizer que estava viva, o sono veio sem sonhos.

E semanas se seguiram sem ter nenhum tipo de contato, ou de indicação de que Barbra poderia enviar algum tipo de mensagem. Aquele parecia ser mais um mês normal de uma rotina na qual poucos acontecimentos nos surpreendiam. Entretanto, de vez em quando, alguns sinais pareciam nos atrair a atenção e brincar com nossa razão; nos faziam duvidar da realidade e acreditar numa dimensão ainda desconhecida por nós, na qual éramos confrontados com visões e sentidos cada vez mais reais e intensos.

Em um desses raros dias, um novo sinal nos fez mudar de rota e seguir por caminhos inimagináveis diretamente ao encontro de uma improvável amizade.

Eu havia acabado de sair do banho e todo o banheiro estava coberto por um vapor que, mesmo quando tomávamos os banhos mais quentes durante o inverno, não era comum de se ver. A densidade do vapor fazia com que o cômodo parecesse estar tomado por uma névoa que não se dissipava; pelo contrário, parecia envolver-me de tal maneira que minha visão era parcialmente comprometida. Eu movia-me com cautela, procurava sentir o ambiente com meus outros sentidos, e assim era tomada por uma sensação de paz causada por um aroma doce que me trazia boas memórias de flores encontradas há muito tempo durante alguma viagem pelo interior.

Abri a janela e a porta do banheiro o máximo que pude, fazendo com que a névoa começasse a se dissipar lentamente. Ao passo que o vapor era levado para fora e minha visão restabelecida, permitindo-me ter completa noção de minha localização e objetos ao meu redor, senti-me atraída pelo espelho e não conseguia tirar meus olhos de meu reflexo ainda embaçado. Lentamente, uma figura parecia formar-se onde meu rosto estava refletido... O vapor se dissipava e meu olhar permanecia fixado, como que atraído por um ímã, no centro da figura, ainda tentando compreender seu sentido e significado.

Depois de alguns minutos, todo o vapor já havia se dissipado, o banheiro já estava claro e limpo, porém o espelho continuava embaçado, apenas com a figura delineada em seu centro. Eu permanecia parada em pé olhando para ela, coberta apenas pela toalha e sentindo as gotas de água que caíam de meu cabelo por sobre os meus ombros desnudos. Aos poucos, a figura começava a fazer sentido, e duas palavras se formavam.

— Thomas! — gritei, quase em desespero, ainda de dentro do banheiro. — Pegue o celular, ligeiro!

Ele não me ouviu, então, me enrolei na toalha e saí correndo para eu mesma pegar o meu celular para tirar a foto que seria uma prova de que eu não estava delirando, muito menos louca.

Consegui ainda ter tempo de tirar a foto porque as palavras deixadas pelo vapor já estavam desaparecendo...

E gritei por meu marido:

— Corre, Thomas!! Venha aqui, ligeiro, por favor!

Thomas, percebendo a urgência em minha voz, largou todo seu trabalho e veio a meu encontro. Foi quando mostrei a ele a foto recém tirada do espelho do banheiro.

MÃE

AQUI

Meu marido é uma pessoa racional, centrada, e qual foi minha surpresa quando olhei para ele e vi um ser em total estado de choque e perplexidade.

De repente, sem qualquer motivo lógico, meu celular entra em modo vídeo, e começa a filmar tudo sem que eu perceba. Registro a reação de Thomas, que olha para o espelho, para o meu celular, para mim, e ambos nos surpreendemos quando escutamos um barulho vindo da parede à nossa frente. O espelho, o qual há poucos minutos havia me mostrado talvez a mensagem mais importante da minha vida, tinha trincado sozinho bem à nossa frente, formando um padrão de imagem curioso. Algo lembrando o formato de um olho. E tudo gravado no celular.

Assim que o ritmo de nossas respirações diminuiu um pouco, voltamos a nos concentrar em tudo que havia acontecido — e no que ainda estava acontecendo. Entreolhamo-nos por alguns segundos, buscando respostas para perguntas que não haviam sequer sido feitas; queríamos sair dali, correr, voar, mas também não sabíamos para onde ir; a memória recente da mensagem no espelho voltava à nossa mente, o que fazia nossa respiração e batimentos cardíacos acelerarem novamente. Estávamos livres para irmos aonde quiséssemos; estávamos presos, cativos, em nossos pensamentos e emoções.

Depois de alguns minutos, Thomas, agindo de maneira protetora, cobre-me com um roupão, coloca seu braço ao redor de meu ombro e me conduz até a sala, onde nos sentamos um ao lado do outro no sofá. Tomou minhas mãos e, segurando-as dentro das suas, ficou assim, apenas ouvindo minha respiração e sentindo aquele momento enquanto olhava para o chão sem focar em nada específico. Era como se todas as palavras tivessem nos abandonado, fugido de nossas bocas. Apesar de envoltos por um silêncio que inundava toda a casa, não estávamos desconfortáveis com a ausência de palavras;

embora centenas de pensamentos invadissem nossas mentes, uma nova dose de esperança e energia começava a florescer em nossa alma. Meu marido levantou o rosto de modo que nossos olhos se encontraram, e então quebrou o silêncio:

— Eu sempre acreditei. No fundo, sempre tive uma pequena chama de esperança queimando em meu interior, me dizendo que ela ainda está viva... mas, ao mesmo tempo, não queria sofrer; não queria te ver sofrendo ainda mais. Eu tentei, por muito tempo, reprimir, esconder... ser forte para não criar falsas expectativas e acreditar naquilo que não consigo ver — ele fez uma breve pausa para retomar o fôlego e organizar seus pensamentos. — Eu tô tentando manter tudo sob controle, nossa casa de pé, nosso filho protegido... me perdoe se às vezes pareço cético quanto ao que você me diz ver e sentir. Eu tô tentando manter um certo equilíbrio aqui em casa, mas prometo que nunca mais vou duvidar daquilo que você me conta e sente.

— Tá tudo bem — eu ainda tinha certa dificuldade em encontrar as palavras certas e me expressar por meio delas. Meus olhos estavam cheios de lágrimas e de repente senti uma profunda sensação de gratidão e tranquilidade em meu interior. — Obrigada por estar aqui, por sempre ter cuidado de nós...

Thomas permaneceu em silêncio por alguns segundos. Ele me olhava, como não fazia há muito tempo, e me via muito além do que nossos olhos podem enxergar. Tive a percepção de que estávamos retomando uma conexão que sentimos apenas quando nos conhecemos, ainda na faculdade. Eu sentia-me atraída a ele, e ele, a mim. Uma sensação de leveza e serenidade, mesmo com o mundo caindo ao nosso redor; uma paz em meio ao caos. O meu porto seguro estava de volta, o meu marido, amigo e companheiro.

— Nós vamos achá-la, querida. Não vamos parar até tudo isso acabar!

Nos abraçamos num forte e caloroso reencontro. Choramos juntos, sorrimos juntos. A esperança estava novamente queimando forte em nossas vidas. Renovados, fomos tomados por uma força que inundava nossos corpos e trazia confiança às nossas mentes e espíritos. Pegamos o celular e, juntos, começamos a analisar com mais calma e cuidado o vídeo que foi gravado no banheiro, especialmente o momento em que o espelho havia trincado. Tiramos algumas fotos de frames importantes da gravação e organizamos todo o material para o enviarmos aos nossos contatos da polícia que acompanhavam todo o caso junto de nós desde o seu início.

Poucos minutos depois de mandarmos tudo aos investigadores, recebemos uma ligação da polícia. Fomos informados de que todas as provas já haviam sido adicionadas à investigação e que, muito em breve, especialistas forenses seriam enviados à nossa casa para colher mais pistas e analisar tudo que havia ocorrido no banheiro. Ficamos felizes com o rápido retorno e ainda mais esperançosos com a frase dita pelo policial no final da conversa: "Nós nunca vimos nada parecido com isso antes. Vamos convidar alguns agentes de outros estados para somar ainda mais à investigação. Fiquem tranquilos, faremos de tudo para solucionar esse caso."

Assim que nos despedimos da polícia, ligamos para alguns amigos, eu precisava contar tudo à Elizabeth! Nossos familiares, membros do bairro que conheciam os detalhes do caso e líderes religiosos que talvez pudessem trazer um novo olhar e parecer sobre os últimos acontecimentos, também foram acionados. Mesmo sem saber direito o que fazer, não conseguíamos ficar parados.

Uma nova injeção de ânimo havia tomado conta de nós e todo ceticismo e dúvidas dissiparam-se junto com a névoa do banheiro. Um novo capítulo iniciava-se na investigação e apenas um pensamento agora pairava no ar a nossa volta: Não vamos parar até encontrá-la!

XI

Depois de um certo tempo, voltei a ter sonhos estranhos e muito repetitivos. Isso já estava me incomodando. E me deixava muito intrigada. Demasiadamente.

Numa certa noite, após mais uma vez ter tido, talvez, outra visão, acordei suando, assustada, ofegante. Lembro do sonho e me levanto um pouco ainda na cama, e...

— Querido, acorde. — eu o sacudi na cama para que prestasse atenção em mim. — Thomas! Acorde, por favor!

— Hummm, o que houve?
— Há dias que eu tenho tido sonhos... visões...
— Ah... Mas você já teve tantos sonhos... tantos... não quer me contar quando acordarmos?
— Nós já estamos acordados. E é sobre a nossa filha. Nunca sonhei desse jeito.
— Que jeito?
— Eu tenho tido o mesmo sonho há dias... isso não é normal... é um aviso... eu sinto isso.

Thomas, percebendo a minha aflição e a impressionante obstinação para me agarrar em qualquer coisa que pudesse evidenciar que Barbra estivesse viva, pacientemente senta-se na cama e diz:

— Ok. Conte-me então como são esses sonhos. Quero saber.
— É muito enigmático, Thom.
— Como assim?!
— Sempre aparece o mesmo homem: de barba longa ruiva, longos cabelos ruivos amarrados para trás, com uma cicatriz no rosto, vestido sempre de calça militar e com uma camiseta com uma águia no peito. E como se não bastasse, dessa vez ele ainda falou comigo! Ah, e mais uma coisa que me deixou intrigada...

O que? Fale.
— Thomas, o olho esquerdo parecia como se tivesse... um cristal dentro, olho de vidro, algo assim, e era um pouco mais escuro
— Continue, continue...
— Você vai achar que agora eu enlouqueci de vez;

esse olho me fez lembrar do formato de olho que se desenhou no espelho trincado do nosso banheiro. Senti uma sensação de...

— Do quê? Fala, poxa! Isso tá me deixando nervoso.

— De uma conexão doida! Algo verdadeiramente enigmático! É como se esse homem estivesse me dando uma mensagem, algum jeito de que ele é quem pode ser a ponte pra ajudar a encontrar a nossa Barbra, sabe? Quando ele disse: "Olhe direto no meu olho", entendi que era para associar com olho trincado do espelho. É como se ele soubesse como encontrar o paradeiro de Barbra. Meu Deus, tomara que isso seja uma pista que nos leve para mais perto da verdade!

— Caramba, Laura! Isso me deixou intrigado... Mas... sempre o mesmo sonho? Igualzinho?!

— Sim!

— Esse olho, que você descreveu só apareceu uma vez em seus sonhos?

— Não, em todos, Thomas!!! Em TODOS!!!

— Realmente, há alguma coisa aí. Quantas vezes mais ou menos você teve o mesmo sonho? Lembra?

— Lógico que eu lembro! Toda essa semana. E acabei de sonhar de novo.

— Caramba! Ele fala alguma coisa?

— Sim! Sempre as mesmas palavras: 'Olhe bem no meu olho'. 'Posso te ajudar. Ela está viva!'

— Meu Deus!

Demonstrando cada vez mais não ser tão cético como antes, Thomas senta-se direito na cama com um olhar

aflito e pergunta:
— Ele diz seu nome? Ou onde ele está?
— Não. Apenas as mesmas frases.
— Laura, eu estou acreditando que algo está nos levando para encontrarmos uma resposta, sim. Mas desse jeito fica realmente difícil, praticamente impossível. Claro que percebo todo seu gigantesco empenho em manter a esperança de um dia...
Eu o interrompo.
— Não existe nada impossível quando se trata de procurar nossa filha. Por isso, EU sempre vou acreditar que é possível.
— Eu concordo, você tem toda razão. Ok, vamos lá, você não lembra de mais nenhum detalhe? Qualquer coisa pode ajudar. Bora! Pensa, tenta se lembrar!
Penso por uns segundos.
— Ah, sim, me lembrei de algo!
— O quê? Diga!
— Havia um farol ... e uma casa pequena do lado.
— Um farol? Ótimo! Já é alguma coisa, temos uma pista; já é algum sinal! Vamos pesquisar! Você consegue lembrar e desenhar como era o farol? Cor, tamanho, formato? O que tinha por perto?
— Sim, sim, claro. Vou tentar, vou pegar uma folha de papel.
— Ok. Enquanto isso, vou passar um café.
— Boa. Assim a gente desperta.
Fecho os olhos, concentro-me com toda força, começo a desenhar tudo o que consigo lembrar do sonho.

Thomas traz uma xícara de café, não dou mais do que dois goles, sinto um gosto amargo na boca como nunca havia sentido antes. Mas não digo nada, isso deve ser por conta da minha ansiedade. Meu propósito é maior, é minha determinação incessante e incansável de encontrar qualquer pista que seja, um sinal qualquer para não perder a esperança e não desistir daquilo em que eu piamente acredito.

Após alguns minutos, e com o meu esboço em mãos, ligamos o computador para procurar o farol no banco de imagens com o desenho ao lado para irmos comparando. Praticamente nem piscamos de tanta concentração.

Havia um compasso entre nossas respirações.

Encontramos muitos faróis, cada um de um jeito. Dezenas e dezenas...

— E agora?

— Você consegue se concentrar novamente para tentar lembrar de mais algum detalhe que não está no desenho? Qualquer um. Uma bandeira, algo que possa dar uma pista de que estado, cidade...

— Hum, não me lembro de nada mais específico. Tudo que eu pude lembrar está no desenho.

Fecho os olhos e tento buscar algo a mais em minha memória. Coloco as mãos no rosto e vou pressionando um pouco. Um silêncio paira no ar.

— Deixe ver: (silêncio) estou vendo o farol. Hum, a pequena casa ao lado. Um cachorro. Enorme. Parece ser um American Staffordshire Terrier.

— Nossa! Um dos cães mais perigosos.

— Sério, mais que um Rottweiler?

— Olha, não tenho certeza. Mas sei que esta raça é perigosa. Mata um adulto em minutos — diz Thomas.

— Credo! Espere, não quero perder a concentração.

Segundos depois, novas visões vêm à minha mente.

— Vejo também uma camionete bem antiga.

— Camionete?! Que ótimo!

— Então, que estamos esperando? Vamos ver apenas as fotos dos faróis com os detalhes que você acabou de lembrar. Os outros a gente descarta.

Depois de um bom tempo procurando, digo em voz alta:

— Volte! Volte!

— Onde? Qual?

— Vai voltando... bem devagar... acho que vi. Volte mais um pouco... pare! É esse! Acho que é esse aqui. Tenho certeza, é esse aqui, sim! Meu Deus, igual ao sonho!

— Vamos colocar toda nossa atenção aqui. Certo, vamos agora nos concentrar e pedir aos céus que a gente consiga ver em que região fica esse farol.

— Como, querido?!

— Pela placa da camionete, ué, pela placa!

— Putz! Como não pensei nisso? O que seria de mim sem você?

Assim, dou um zoom na imagem e a placa da camionete começa a aumentar, e embora com a foto desfocada, consigo ver os números.

— Querido, anote a placa antes que a página se perca, depressa!

Após localizarmos o farol, começamos a planejar a

viagem até lá. O primeiro ponto a ser considerado era quanto tempo essa viagem levaria, e se precisaríamos de um carro mais adaptado para isso. Acabamos por concordar que não seria necessário, mas fizemos uma lista das coisas a serem levadas na viagem. Talvez o item mais importante fosse algo que, mesmo sem admitir a ninguém, sempre quis ter junto de mim, na minha bolsa. A boneca Barbie da minha filha, a mesma boneca que foi encontrada na noite do incêndio do teatro e que ainda está no seu quartinho, junto de seus outros brinquedos. Resolvo que, desta vez, Barbie irá numa aventura comigo e com o resto da nossa família.

É impressionante o quanto a tecnologia pode nos ajudar. Em poucos cliques, encontramos o local da placa da camionete. A placa dizia Texas, e encontramos "nosso" farol em Kemah. A viagem seria longa, mas não me importava. Tudo o que precisava era ir ao encontro do farol, e ao dono da camionete.

Acordamos Eddie, e mesmo um pouco contra sua vontade, pois estava com sono ainda, meu filho e nós arrumamos algumas coisas porque a viagem seria longa, e partimos rumo ao desconhecido-conhecido.

Seguimos nosso caminho pelas ruas estreitas da cidade até que as edificações foram ficando para trás e o concreto começou a ceder seu lugar aos vales e flores que nos acompanhavam até o farol.

O céu, claro e límpido até a nossa saída da cidade, já começava a ser invadido pelas nuvens recém-chegadas que reivindicavam seu espaço e flutuavam sobre nós, deixando todo o horizonte um pouco menos colorido.

Pássaros abandonavam seus refúgios nas árvores e já começavam uma dança pelos ares ao procurarem o melhor destino para escapar do temporal que era anunciado acima de nós.

Nada disso nos desanimava. Continuamos nosso caminho pela estrada, e depois de várias horas, enfim, avistamos, a algumas centenas de metros no horizonte, o velho farol com uma pequena casa ao lado. Uma súbita sensação de esperança tomou conta de nós enquanto o vento soprava cada vez mais forte pelas janelas do nosso motorhome.

Estávamos envoltos em um misto de sensações que nos anestesiavam de quaisquer detalhes que não fosse o farol. O farol e, claro, o homem que esperávamos encontrar ali.

Com esperança de ter alguma pista da nossa querida filha, paramos num posto de gasolina e perguntamos se alguém sabia o nome de quem trabalha ou mora no farol.

— McThorn, mais conhecido como The Lightman — informou um dos frentistas.

Chegando lá, olhamos ao redor. Todo o cenário bucólico não passou despercebido, a beleza natural do lugar, o cheiro de maresia, a vegetação rasteira que rodeava o farol. Saímos do veículo e caminhamos até a porta da pequena casa. Batemos palmas, chamamos por Mcthorn, e... nada.

Olhamos o farol, a camionete, e... nada.

— Ele deve ter saído a pé para algum lugar, com o cachorro, comenta Thomas, quebrando o silêncio.

Como estávamos com muita fome, procuramos uma lanchonete ali por perto para comer algo.

— Boa tarde. O que vão querer? — pergunta uma das atendentes.

— Três sanduiches com ovo, para meu filho um suco de laranja e para nós dois, refrigerantes, por favor.

Aproveitando enquanto a garçonete anota os pedidos, pergunto se ela conhece o homem do farol.

— The Lightman? Sim. Todo mundo aqui o conhece. Ele vem almoçar de vez em quando.

— Como é ele?

— Fisicamente? Você não o conhece?

— Na verdade, não. O nosso filho é que gostaria de conhecer o farol. Tirar fotos. E eu não sei se ele não iria se importar.

— Imagina! Tenho certeza de que ele iria até gostar de mostrar o farol. Ele vive lá sozinho...

— Ele é alto, forte, cerca de 55 anos...

— E como ele é... como eu posso dizer...

— Não fisicamente?

— Isso mesmo.

— Oh, The Lightman é um homem muito gentil e prestativo, educado e bem-humorado, mas solitário.

— Que bom saber que ele é uma pessoa acessível!

Pudemos saborear nossos lanches com tranquilidade, e duas horas depois, voltando ao farol, batemos palmas e gritamos:

— Alguém no farol? MCTHORN!!!!!

Alguns instantes depois, a pequena janela lá na parte

de cima do farol começa a se abrir lentamente, mas por conta do tempo nebuloso com a chuva que não demoraria a chegar, a julgar pelos trovões que pudemos ouvir à distância, não consegui identificar o rosto do homem. Mas era um rosto que, à medida que os relâmpagos estouravam no céu, me ajudaram a reconhecer quem era, e seu semblante oniricamente familiar começa a aparecer.
— Sim?
— Boa noite, é o Sr. McThorn?
— Sim.
— Gostaria muito de falar com o senhor.
— Posso saber do que trata? Queira falar daí, por favor, estou resolvendo algo aqui.
— Temos algo importante a lhe mostrar também.
— Importante? Pra mim? Eu não posso agora; estou consertando uma peça do farol. Desculpe. Se eu parar, vou ter que começar tudo de novo. Poderia ser mais tarde? Daí eu dou atenção para vocês.
— Poderia, sim, claro, diz Eddie. A gente vai comprar guarda-chuvas enquanto o senhor termina aí, pode ser? Ah, trouxemos uma lembrancinha para o senhor e ração para o seu cachorro. A atendente da lanchonete foi quem escolheu e disse que o seu cachorro gosta.
— Ok, combinado.
Não mais que 40 minutos, nós retornamos.
— Chegamos, senhor! — grita Eddie.
— Ok. Vou descer.
Assim que ele desceu, começamos a conversar.
— Meu nome é Laura, este é meu esposo Thomas e meu

filho Eddie. Podemos entrar um pouco? Essa chuva está gelada e nos molhando.

— Eu só vi faróis pelo YouTube. Eu ficaria bem feliz se o senhor me mostrasse o farol por dentro — diz Eddie.

Por conta da gentileza de trazermos comida para o seu cão, McThorn abre uma pequena porta e nos convida a entrar. A luz de dentro do farol não iluminava bem; era fraca, mas assim que a claridade de um relâmpago mostra uma parte do seu rosto, eu, encontrando o braço de meu marido como se minha vida dependesse daquele suporte, digo, com a voz embargada pela emoção.

— Meu Deus do céu! Nossa! É ele! É ele, sim, Thomas! As roupas, a feição, a cicatriz.........o OLHO!!!!!!
— agora, olhando de perto, seu olho esquerdo tem uma característica e cor um pouco diferente do olho direito. — Thomas, diz que eu não estou sonhando! Consigo ver até o cristal de dentro do olho exatamente como no sonho. Agora não tenho mais nenhuma dúvida; é o homem que aparecia para mim!!

— Que homem, minha senhora? Parece que está vendo um fantasma... A senhora está pálida! — The Lightman se mostra um pouco desconfortável com minhas palavras.

— É o senhor! Sim, é o senhor que sempre está em meus sonhos!!!

— Como assim? Não sei do que a senhora está falando — nega McThorn, surpreso.

Thomas diz:

— Querida, você está muito nervosa, aflita, sofrendo. Eu entendo, mas se recomponha primeiro. Olhe bem para ele. Para ter certeza. Você pode ter se enganado.

— Thomas, foram vários sonhos com ele mesmo. Tenho absoluta certeza de que é ele. O mesmo homem que eu vejo nos sonhos. Várias vezes, em diferentes sonhos! Isso só pode ser um sinal.

— Ok, ok, mas não estou entendendo nada, senhora, não sei aonde quer chegar. Eu nunca vi a senhora em toda minha vida — diz McThorn, confuso.

— Eu também não o tinha visto pessoalmente, só nos sonhos. E agora estamos aqui, frente a frente.

— Mas isso não significa nada, minha senhora.

Com um olhar de interrogação e, ao mesmo tempo, de desconfiança, McThorn, cauteloso em suas palavras, dirige-se a mim:

— Sinto muito, mas eu realmente ainda não sei como posso lhes ajudar. A senhora deve estar confusa...divagando. Era só isso? Não quero ser indelicado, mas eu preciso subir para arrumar outras peças do farol, afinal, uma tempestade tá chegando. E muita gente depende dessa luz.

De repente, um cachorro enorme desce por uma escada em espiral e vem em direção a nós. Eu tento me aproximar.

— Cuidado! Não chegue perto dele. Ele é muito feroz! Ele ataca e morde. Inclusive, já atacou e feriu duas pessoas que vieram me assaltar.

— Credo! — grita Eddie, assustado.

— Sim, ele é muito, muito perigoso. Eu vou prendê-lo. Um minuto.

Mesmo assim, eu me abaixo e deixo o cão cheirar minha mão. Faço um carinho nele e ele logo se deita nos meus pés, como se nos conhecêssemos há muito tempo.

— Eu não entendo; parece que ele gostou da senhora. Ele sempre late e ataca pessoas desconhecidas. A senhora é a primeira pessoa estranha que ele não tenta atacar. É o meu guardião. Não entendo mesmo.

Logo em seguida, esqueço por um segundo do que tinha ido fazer ali, continuo a fazer carinho no cachorro e Eddie começa a brincar com ele.

Vejo meu filho feliz e fico inerte, envolta em meus pensamentos. Um latido forte me traz de volta ao momento:

— Senhor McThorn, o senhor vai achar que sou louca, mas eu tenho sonhado constantemente com um homem de barba ruiva e cabelos longos amarrados para trás e o olho esquerdo parecendo ser de cristal, algo assim e uma cicatriz no rosto e no braço, com uma calça militar e uma camiseta com uma águia no peito. Junto a ele, um cachorro, igualzinho ao seu. Idêntico. Isso só pode ser um sinal. E pra completar, O OLHO!!

— Eu entendo, mas eu não sou esse homem, como você pode ver. Eu uso barba?

— Não.

— Cabelos compridos amarrados pra trás?

— Não também.

— Meu cabelo é ruivo?

— Não.

— Estou com uma calça militar e com uma camiseta

com uma águia no peito?
— Agora não, mas nos sonhos você estava.
— Esse homem usava óculos?
— Não.
— Eu uso.
— Mas a voz é idêntica: rouca, forte, pausada. Até o jeito de falar, o seu OLHO! O farol! A camionete antiga. Eu vi tudo isso nos sonhos. Caramba! Eu sei que é você! A gente só conseguiu chegar aqui e encontrar o senhor através de meus sonhos e pela placa da camionete. Como o senhor pode explicar isso?

A urgência em minha voz mostra uma visível apreensão no rosto de McThorn. É como se ele pudesse agarrar minha esperança no ar e transformá-la em algo concreto.

Ele não estava usando barba, e seus cabelos eram curtos e grisalhos, embora também tivesse uma cicatriz no lado esquerdo da face.

— Talvez este homem a quem você se refere possa ter sido aquele que trabalhou aqui no farol antes de mim. Mas ele morreu há 8 anos. Eu nem o conhecia, mas parece que ele usava barba, segundo me disseram.

Testando a veracidade das informações, digo:
— Você tem o endereço de algum familiar dele? Sabe onde eles estão morando?

Percebendo que ele não iria dizer o local, eu insisto mais, enfatizando:
— Eu não estou louca. Sempre foi o senhor em vários sonhos. Foi neste farol! Foi real! — digo.
— Como pode acontecer isso? Thomas, o que está

acontecendo? Por que tudo isso? Me diz, por quê? Só pode ser ele, será que ela enviaria a mensagem errada? McThorn fica intrigado, bastante pensativo...
— Ah, lembrei de mais um detalhe!
— O quê, minha senhora? Pode falar.
— McThorn, o senhor tem tatuagem?
— Tatuagem? Sim. Uma águia no ombro. Muitas pessoas têm. Por que a pergunta?
— No sonho pude ver tatuagens em seus braços. O senhor tem tatuagem nos braços?
— Err... não, nunca gostei de usar tatuagem nos braços. Mas, só por curiosidade, você consegue lembrar o que estava tatuado? — McThorn pergunta desconfiadamente.
— É claro que eu me lembro. O rosto de uma mulher em um braço e de um menino no outro. Posso ver seus braços, por favor?
E, um pouco desconfortável, ele responde:
— Que nomes a senhora viu? Quem sabe, eu posso conhecer.
— Sr. McThorn, o senhor é casado? — pergunto.
Tentando disfarçar, ele responde:
— Não. Nunca quis casar, gosto mesmo é de morar sozinho. Até tive alguns relacionamentos, mas...
— Tem filhos?
— Sim, uma filha. Mas já é adulta. Casou e foi morar na Europa. Nem tenho mais contato com ela. Acho que esqueceu de mim.
— Pode me dizer o nome dela?
— Primeiro me diga que nomes a senhora viu nos

sonhos. Daí eu confirmo. Ok?

— Combinado. Mas se for os mesmos nomes, o senhor promete que vai me ajudar?

— Primeiro diga os nomes.

— Na verdade, não havia nomes, só havia uma mulher e um menino.

— O que estava escrito então?

— Apenas uma tatuagem de um rosto de mulher e escrito embaixo "Love4ever". E no outro braço, a tatuagem de um menino, com os dizeres: "My life" — explico.

Por um instante, houve um silêncio que desvelou tudo que ainda estava sem ser dito entre nós e que mudou o olhar de McThorn.

Ele meio que se engasgou:

— Gostaria muito de poder ajudar. Mas não sei como. É só isso? Não quero ser indelicado, mas preciso trabalhar.

— Por favor, senhor McThorn, eu imploro, se o senhor sabe de alguma coisa, eu suplico! Me ajude com alguma coisa, qualquer pista... Os sonhos devem ter sido um aviso. O senhor é a minha última esperança.

— Esperança? Como assim? Mas esperança de quê? Por que eu seria sua esperança?

— Sonhei com o senhor várias vezes. Nos meus sonhos, o senhor dizia: "Olhe no meu olho. Posso lhe ajudar. Ela está viva!"

— Mas, eu...

— Diga que é o senhor com quem eu sonho...e que vai me ajudar, por quem você mais ama em sua vida. Eu imploro!

Você É McThorn, não é?
— Sim.
McThorn faz uma pausa de poucos segundos, mas que para mim pareceu eterna.
— Desculpe-me mais uma vez. Não posso fazer nada para ajudá-la.
— O senhor pode ser minha última espe...
E então, eu, de repente, começo a ficar sem ar, passo mal, e tudo começa a ficar preto ao redor.
Imediatamente, Thomas me segura e ao longe o escuto dizer:
— Por favor, McThorn, podemos deitá-la num sofá da sua casa? Preciso fazê-la acordar.
Como McThorn, naquele momento, não tinha como se recusar a atender alguém naquelas condições, concordou e ajudou Thomas a me levar até a casa dele. Mais tarde, ele me contou que me colocaram deitada num sofá com a cabeça apoiada em uma almofada.
Thomas começou a me abanar e McThorn pegou uma toalha umedecida que meu marido passou na minha testa. Logo após alguns instantes, comecei a me recuperar.
Confusa. Perdida. Thomas me ajudou a sentar e deu um copo de água para eu beber com calma.
— Está melhor, senhora? — perguntou McThorn.
— Um pouco, obrigada.
— O que aconteceu?
— Você desmaiou. Só isso. Deve ter sido a pressão que baixou.

— Escute — eu digo. — Mesmo o senhor falando que não pode me ajudar, eu preciso contar o que aconteceu para eu estar aqui. Por favor, me escute.

Ainda não querendo admitir que seria o homem do sonho, ele diz:

— Eu entendo, gostaria muito, mas não tenho como ajudar vocês, desculpe. Desculpe mesmo.

— Senhor MCTHORN, pela última vez, EU SUPLICO, EU ESTOU LHE IMPLORANDO; me ajude pelo amor de Deus! Só o senhor pode fazer isso! É a minha única esperança!

— Tudo isso que você tá me dizendo me corta o coração, mas eu não tenho como ajudar. Gostaria muito, mas não vejo como. Me perdoe! Vou torcer muito para que encontrem o que estão procurando.

Foi nesse momento que Eddie começa a chorar, mesmo não tendo participado da conversa. Tínhamos até esquecido da presença dele por alguns momentos, tamanho silêncio que ele fazia. Mas penso que foi pressão demais em cima de meu menino. Ele também sofre, e muitas vezes esquecemos disso. Mas seus soluços são incontroláveis, por mais que meu instinto materno tenha tentado abraçá-lo e queira retirar toda sua dor de alma, nada o acalma. McThorn olha para toda a cena, e consternado com a situação, sem parar de olhar para Eddie, finalmente diz:

— Ok, senhora. Eu fiquei um pouco curioso mesmo para saber o porquê de a senhora insiste em dizer que eu sou o homem que a ajudaria. Nem sei no que eu iria ajudar. Por favor, me conte.

Olho profundamente para seu rosto, ainda abraçando Eddie, e digo:

— Sim, sim, e isso também vai me ajudar a aliviar um pouco todo o empenho de termos vindo até aqui. Bem, nós somos de Flakeview County, Alabama.

— Bem longe.

— Sim, mas eu faria isso nem que fosse no final do mundo. Sr. McThorn, se necessário, eu lhe pago por isso! Daí a gente vai embora e nunca mais faremos o senhor perder tempo. Faça isso por mim, por favor, uma vez na vida.

— Imagine, senhora. Ok. Eu escuto, mas não precisa pagar nada, não.

Começo a contar.

— Minha filha tinha apenas três anos quando desapareceu num incêndio em um teatro. Apenas sua boneca foi encontrada. Cada dia que passa eu tenho mais certeza de que ela não morreu nas chamas e sim que ela está viva! Eu SINTO isso! Uma pessoa muito perversa com certeza deve tê-la sequestrado. Só pode ter sido isso. E ela deve estar sofrendo. Muito. Ela tem tentado entrar em contato há muito tempo

— Mas como assim? — McThorn me pergunta, realmente surpreso com o que lhe conto.

— Sim!

Conto tudo que havia acontecido.

XII

— Eu devo imaginar o que a senhora está passando, mas, infelizmente, não posso fazer nada. Nada mesmo. É uma pena não poder ajudá-la.

Eddie, vendo toda a situação com sua inocência de criança, ainda em meio a lágrimas, abraça McThorn e, sem largar da sua cintura, pede, com a voz embargada:

— Sr. McThorn, não é só minha mãe e meu pai que sentem muita saudade da minha irmã. Eu lembro dela todo dia, sinto falta dela e ainda me lembro das risadas que a gente dava nas nossas brincadeiras. Ela estava comigo na noite em que tudo aconteceu. Olha, eu queria poder mostrar a meus pais que era responsável, e disse que cuidaria de Barbra, minha irmãzinha, que só tinha três anos quando desapareceu. Foi porque insisti muito pra ficar com ela, peguei na mão dela e disse que levava ela no banheiro. Mas no meio do caminho pra chegar lá, começamos a ver o fogo do teatro, e na correria das pessoas, eu acabei soltando a mão dela. Nunca chegamos até o banheiro juntos, e cada vez que lembro do que aconteceu, tenho uma raiva muito grande dentro de mim, porque foi por minha causa que ela sumiu. Nunca contei como me sentia e ainda me sinto por causa disso, porque sei que mamãe vai ficar ainda mais preocupada com tudo, e o que mais quero é que ela não se sinta mal pelo acontecido. Se eu não tivesse sido orgulhoso naquela noite, todo mundo ainda estaria junto. Eu só queria...

— Eddie cai em lágrimas novamente, solta do corpo de McThorn e volta a esconder seu rosto em minha cintura.

McThorn, por um instante, fica paralisado com os comentários de Eddie. Parecia que estava lembrando de algo muito pessoal. Mas o quê? Ele mesmo disse que sua família já nem tem tanto contato com ele. Mesmo assim, ali, talvez eu tenha sentido um relance de esperança, mas ele continuou firme em seu posicionamento.

— Eu entendo, pequenino, mas não posso lhes ajudar.

Abatida, desolada, chorando, eu me viro para Thomas e balbucio:

— Vamos embora, bem. Tentamos de tudo. A gente fez

o que pôde. E voltamos à estaca zero. Novamente. Dois anos sem resposta, sem nenhuma pista. Que sofrimento... Nenhuma mãe merece tanta dor! Sequestrar uma criança é o crime mais impiedoso e cruel... VIL! Nenhuma mãe merece passar por tamanha maldade! Não saber o que realmente aconteceu — digo em meio a lágrimas.

Nos despedimos dele e agradecemos pela presteza e por desperdiçar seu tempo.

Ao voltar para o carro, ainda fraca, sendo amparada por Thomas, tive a sensação de ter ouvido McThorn sussurrar para ele mesmo:

— Caramba! A filha deles foi sequestrada! E como que ela sabia como eu era antes? Como ela sabia da camiseta? Da calça militar? Da águia? Das tatuagens? Do meu olho!! Como ela sabia disso? Isso não pode ser normal! Ela deve estar sofrendo muito. Eu nunca vi essa senhora em toda minha vida, mas lembrando do que eu passei com a minha esposa e meu filho, eu posso imaginar o que ela deve estar passando; estou sentido pena deles todos. E... os sonhos... meu Deus! Tudo o que essa mãe falou leva a crer que a filha deles tá viva e tentando entrar em contato, sim!

Mesmo sem conseguir ver seu rosto, consigo sentir McThorn refletir, pensar, e dizer em voz alta:

— Senhora, senhora, espere, espere... eu tenho algo...

Eu me viro, já com um ar de esperança, enxugo as lágrimas que escorriam pelo rosto e...as palavras parecem que tem vida própria ao sair de minha boca:

— O senhor é o homem da minha descrição, né? É isso?

Diga que é isso, Sr. McThorn! Você vai me ajudar, não vai? Por favor, diga que vai! Me dê essa esperança.

— Olha, vou tentar, mas primeiro quero que vocês dois saibam que não faço milagre, muito menos tenho varinha mágica de algum reino imaginário. Vou preparar um café para nós e enquanto isso, conto minha história. Talvez vocês queiram ouvir, não?

— Sim! Claro! Claro que queremos ouvi-lo! Mas, antes, por favor, ouça o porquê na verdade viemos de tão longe para encontrá-lo. Eu já tentei de tudo – coloquei nos jornais, nas rádios, na TV, nas mídias sociais... Tive até alguns charlatões que queriam tirar proveito do meu desespero para ganhar dinheiro — conto. Thomas e Eddie balançam a cabeça, concordando com os fatos.

McThorn, em o que me pareceu ser um misto de pena, empatia e generosidade no olhar, pega o café e começa a nos servir, sempre com ouvidos e olhos atentos a qualquer comentário ou movimento de nossa parte. Apenas após ouvir seu lado da história, consegui entender por completo o porquê de tamanha desconfiança.

— Depois de ouvir tudo que vou falar, vocês irão entender por que eu relutei em não confirmar que os nomes tatuados em meus braços são de fato da minha saudosa esposa e do meu saudoso filho. Na verdade, nunca tive filhas.

— Eu sabia! Eu sabia!

Eu me ajoelho aos pés dele, chorando.

Ele me ajuda a levantar.

— Mas vocês têm que prometer mesmo que isso morre por aqui. Ninguém... ouviram? Nenhuma pessoa neste mundo pode saber o que eu vou revelar, é estritamente sigiloso!! É um juramento que vocês irão fazer, caso contrário, paramos por aqui. Vocês não podem contar a ninguém, a ninguém mesmo! Combinado?

— Claro! Lógico!

— McThorn, nós iremos guardar esse segredo, com certeza absoluta — meu sempre racional marido promete.

Não querendo nem piscar para não perder nenhum momento do que tanto queria ouvir, pois a única coisa que mais quero nessa vida é não perder a esperança, concentro toda minha energia e atenção àquele à nossa frente.

— Senhor McThorn — digo.

— Sim?

— Qual é o seu nome verdadeiro?

— Prefiro não mencionar, senhora, se não se importa.

— Claro que me importo. O senhor não quer acreditar em nós? Me chame de você, por favor.

— OK.

— Nós também precisamos confiar em você.

— Ah, claro que sim, mas...

— Devemos confiar em você. Por favor, diga-nos o seu nome verdadeiro.

— Tudo bem. Tudo bem. Terence.

— Terence do quê?

— Terence Delamorg.

— Terence Delamorg? O senhor quer dizer aquele

Delamorg que morreu em um acidente de carro há alguns anos?

— Exatamente. Este sou eu. Satisfeitos agora?

Espantados com a revelação, Thomas e eu nos entreolhamos, em choque.

— Estava em todos os canais de TV e em todos os jornais!

— Thomas exclama.

Terence pareceu desconfortável com o comentário de meu marido, mas não era a hora de tentar entender nada do que poderia se passar na cabeça dele. Eu estava muito absorta na possibilidade de poder ter encontrado alguém que pudesse me esclarecer tudo o que tinha acontecido comigo até aquele momento, as sensações, as mensagens, os sonhos, os movimentos estranhos em casa, tudo. Não queria me distrair para ouvir sua história, sei que isso pode parecer um pouco com falta de educação, mas minha necessidade era urgente. Eu simplesmente necessitava entender tudo! Terence deveria ter seus motivos muito particulares para precisar trocar de nome, e eu tinha certeza de que no momento mais oportuno ele nos contaria o porquê, se fosse pertinente. Tentei retomar nossa conversa:

— Senhor McThorn, eu não consigo entender o que vem acontecendo comigo, muitas vezes penso que posso estar enlouquecendo, mas ao mesmo tempo tudo é tão vívido e real que não posso me deixar levar por comentários que possam querer me descreditar.

— Laura, eu estou lhe conhecendo agora, não posso lhe dar um diagnóstico médico para seu estado. Mas posso lhe passar informações técnicas que talvez lhe ajudem a entender melhor certas situações.

Ele explica.

— Sempre há alguém na família que é mais sensitivo do que os outros. Há um alto índice de comunicação por força da mente, especialmente por mães. Elas sentem quando seus filhos estão em perigo. E é o que também acontece com gêmeos, quando um sente uma dor, o outro sente também.

— Verdade! Eu já ouvi falar isso; inclusive tenho um casal de gêmeos muito amigos que moram no sul do Brasil, Walter e Wilton. Walter foi quem me contou a história, que certo dia ele estava em casa, tranquilo, quando absolutamente do nada, sentiu uma agonia muito grande. Na mesma hora, pensou: algo muito ruim está acontecendo com Wilton. Ligou, mas seu irmão não atendeu ao celular. Pegou seu carro e dirigiu em alta velocidade até chegar ao prédio onde seu irmão morava. E conforme se aproximava do prédio, a sensação de que Wilton estava tendo algum tipo de mal súbito se fazia mais forte. Entrou no prédio correndo, não sem perguntar ao porteiro se seu irmão estava em casa, pegou o elevador, bate à porta e nada. Ele acha estranho, pois o porteiro do prédio afirma que Wilton estava em casa. Walter voltou a ligar no celular de Wilton e este não respondeu. Preocupado com que pudesse de ruim estar acontecendo, Walter e o porteiro arrombam a porta depois de eles terem batido várias vezes em vão. Ao entraram no apartamento, logo se depararam com

Wilton desfalecido no chão da sala, e perceberam o que havia ocorrido. Imediatamente, ligaram para o serviço de emergência. Ao chegarem no hospital, o médico que lhes atendeu disse taxativamente: "Se ele não tivesse sido atendido rapidamente, nós não teríamos tido tempo de salvá-lo". Pelos exames iniciais, o médico diagnosticou infarto de miocárdio, assim, requisitou um cateterismo e logo após o procedimento, confirmando obstruções nos vasos sanguíneos. O cardiologista o leva para a cirurgia de emergência para uma angioplastia e coloca dois stents. Walter passa duas noites com seu irmão no hospital, onde Wilton precisa ficar em observação.

Voltando para sua casa, Wilton disse:

— Meu irmão querido, que coincidência maravilhosa!

— Coincidência?

— Sim, eu queria entrar em contato com você para vir me ajudar, mas eu não tive forças para me levantar. Devo ter passado mal e desmaiei e aí você chegou. E me salvou do pior.

— Wilton, não foi coincidência, eu senti uma dor no peito e uma angústia. Liguei, mas como você não atendeu, peguei o carro e fui correndo ver o que havia acontecido. Algo me dizia que você estava precisando de mim!

— Exatamente, Thomas. Muitos são os relatos – continua Terence —, e, para completar, as mães são telepaticamente as pessoas mais intuitivas.

Se sua filha tem tentado entrar em contato com você, Laura, é porque vocês duas devem ter poderes telepáticos ou mesmo psicocinéticos, um certo poder de entrar em contato com outra pessoa mesmo estando longe uma da outra.

— Tipo, telepatia? — pergunta Thomas.

— Exatamente.

— Mas, Terence, posso lhe chamar de Terence? Eu não sei se tenho tais poderes, nem minha filhinha. Sim, é verdade. Nós temos alguns poderes estranhos...

— Pode me chamar assim, desde que nunca perto de outras pessoas. Lembrem-se, todos sabem que Terence Delamorg está morto. Aqui pela região as pessoas me conhecem como Gregory McThorn. E respondendo sua outra dúvida, pode ser. Mas em razão de todo sofrimento, dor, angústia, perda, e todas as intempéries envolvidas, vocês duas devem estar desenvolvendo telepatia, por isso que você teve algumas visões, os objetos se moveram, as músicas tocaram...

— Realmente, Laura, o seu sonho foi impressionante. E você nunca esteve errada em acreditar em seus sonhos. Eu vou abrir meu coração a vocês. Como disse anteriormente, eu tenho a imagem da minha esposa e filho nos meus braços. E com os mesmos dizeres. É incrível mesmo isso. E tudo mais com que você sonhou.

Digo, então, com um olhar de esperança:

— Eu sabia, Thomas, eu tinha certeza! Tudo que eu vi era real. Eu sabia! Eu agradeço a Deus por Ele ter colocado o senhor, digo, você na nossa vida.

— Laura, eu disse que vou tentar ver como posso ajudar. Não posso garantir nada. Eu vou tentar entrar em contato com a sua filha, caso ela ainda...

— Não precisa continuar. Agora tenho mais certeza ainda de que ela está viva. E deve estar sofrendo muito! — falo, como se todo sentimento durante aqueles dois anos pudessem se dissipar num piscar de olhos!

— A última vez que fiz isso já faz muito tempo, quando eu ainda era...

Ele para no meio da frase, absorto em suas memórias. Terence nos conta que começou a ler muito por causa das coisas que sentia. Ele continua sua explicação:

— A dor, a perda, a solidão, o medo nos tornam mais fortes. Sua filha levou todo esse tempo de dor e sofrimento para desenvolver tais habilidades.

— Por quê?

— Uma pessoa pode se tornar telepática ou telecinética.

— Tele o quê? — Eddie interrompe Terence, querendo saber mais a respeito do assunto.

— Veja bem, tele significa à distância, certo?

— Sim, aprendi na escola.

— Patheia significa sentir, ou sentimento. Assim, a telepatia é capacidade de comunicação aparente de uma mente para outra, em ideias, sentimentos ou atividades.

— Tá, e o que significa "cinese"?

—É uma palavra grega, *"kinesis"*, que significa movimento. Viu? A telecinese é a produção aparente de movimento em objetos sem contato físico.

— Então é verdade? Isso acontece mesmo, Sr. Terence? Como nos filmes?

— Sim, Eddie. Resumindo: a telecinesia é basicamente a capacidade que alguém tem de mover objetos com a mente.

— Vovó falou que fiz alguma coisa parecida quando era bem pequeno. E a telepatia?

Terence olha para Eddie um pouco surpreso, mas continua sua explicação:

—É a capacidade de uma pessoa ler a mente de alguém.

— Em outras palavras, Terence, você quer dizer que minha Barbra pode estar mandando mensagens e até mesmo movendo coisas com a mente para mim a fim de provar que ela pode... que ela pode realmente estar... viva!? — quase grito, em êxtase pelas boas novas.

— Exatamente!

XIII

Terence retoma a história de sua vida, e como tudo mudou desde então.

— Foi um dia antes do meu casamento. Alguns amigos me fizeram uma surpresa e me levaram a uma chácara para uma despedida de solteiro.

Era por volta de 01h30 da manhã quando eu disse:

— Gente, muito obrigado pela surpresa, mas eu tenho que ir. A partir do meu casamento, vocês verão um novo Terence... ainda melhor.

Embora eles não quisessem que eu fosse, eu disse a eles que precisava de uma boa noite de sono para recuperar minhas forças. Enquanto todos riam, um dos meus melhores amigos disse:

— Veja! Vai cair um toró, maior pé d'água... um temporal está se formando, é melhor eu te levar para casa.

— Obrigado, mas prefiro andar um pouco e pegar chuva. Vai lavar meu corpo e minha alma. Preciso disso, afinal, amanhã será meu grande dia e quero estar "limpo".

Para ganhar tempo, preferi cortar caminho por uma estrada secundária.

Enquanto caminhava por esta estrada escura, estreita e deserta por cerca de 25 minutos, uma tempestade se formou e realmente começou um pé d´água.

Mas eu não me intimidei; queria muito andar na chuva pensando que no final da tarde do dia seguinte estaria frente a frente com Sophia – o grande e único amor de minha vida –, trocando alianças.

A única coisa que eu tinha em mente era o nosso casamento, nada mais.

A claridade de alguns raios e relâmpagos deixava a estrada sinuosa um pouco menos escura para que eu pudesse me orientar.

De repente, um raio em meio a trovoadas caiu a alguns metros de mim e a força da descarga elétrica fez com que eu fosse arremessado contra uma cerca de arame farpado, todo encharcado. Instantes depois, outro raio atingiu uma árvore e a descarga ricocheteou nos fios da cerca de arame, e eu fiquei preso por alguns segundos.

Perdi a consciência por certo tempo e quando acordei, estava deitado no chão, sentindo queimaduras nos meus braços e no peito, mal podendo respirar e escutar meus batimentos cardíacos, confuso, perdido, atordoado... me sentindo muito estranho.

Tudo isso me deixou sem reação por um momento; até tentar digerir o que estava acontecendo. Aos poucos, minha respiração foi voltando ao normal.

Meu corpo estava todo dolorido e uma dor insuportável apunhalava meu olho esquerdo. Assim que consegui me mexer, me dei conta de que minha órbita ocular havia caído de meu rosto e estava no chão bem a meu lado.

A dor intensa e o medo tomaram conta de mim.

Me levantei lentamente, com muita dificuldade, e tentei apalpar meus arredores, para encontrar o celular, que já estava todo encharcado por conta da tempestade, e ele não funcionou. E agora, meu Deus? Por que não aceitei a carona?

Instintivamente protegendo o orifício que ficou em meu rosto com a minha mão esquerda e tentando superar todo o trauma da minha dor física e emocional, consegui, enfim, com muito desconforto e sem enxergar não mais que três passos à minha frente, meio aos tropeços e desequilíbrios, chegar em casa.

Minha mãe, que ainda estava acordada, me esperando para provavelmente saber como tinha sido a despedida de solteiro, ao me ver naquele estado, desesperadamente, perguntou:

— Santo Deus, o que houve, filho? Você está sangrando!

Você foi atropelado?

E então, ao colocar suas mãos ao meu redor, para me auxiliar e me levar até a mesa, provavelmente para me fazer curativos, se deu conta do que aconteceu em minha face:

— Filho!!! O que aconteceu com seu rosto?? Você está sem seu olho! Meu Deus, precisamos correr para o hospital! E o que você tem em sua mão?

Neste momento, percebo que minha órbita está fechada em meu punho. Eu a havia pegado na chuva, mas não sei explicar o porquê de tal atitude.

Para tentar diminuir o desespero da minha mãe, fui logo contando tudo que eu lembrava do ocorrido e mesmo com muita dor e um pouco tonto, pedi que ela chamasse nosso vizinho para que me levasse ao pronto socorro. E foi o que fez. Nosso vizinho, sempre muito prestativo, nos levou até o hospital, fui direto para a emergência e após todo o procedimento de limpeza e cauterização, o médico nos informou que dali a alguns meses eu poderia usar uma prótese de vidro, se assim desejasse, para que o rosto ficasse com um pouco mais de simetria. O profissional disse ainda que eu tinha tido muita sorte, pois pessoas que passam pelo tipo de trauma que tive não sobrevivem, pois pelo que ele pôde averiguar a partir de meus ferimentos, a descarga elétrica que levei foi altíssima.

Curativos feitos, retornamos para casa, pois ainda não tinha avisado a Sophie sobre o acontecido.

A partir do momento em que iniciamos nosso retorno para casa, comecei a notar algumas sensações diferentes no meu corpo, mas não conseguia identificar nada muito corretamente. Imaginei que poderiam ser os medicamentos, e não disse nada a minha mãe para não preocupá-la ainda mais.

Chegando em casa, já muito tarde, praticamente passei a noite toda preocupadíssimo, tentando imaginar qual seria a reação de Sophia, pois ainda não tinha entrado em contato com ela.

XIV

Assim que os pássaros começaram a cantar anunciando o amanhecer, e os primeiros raios de sol entraram pela janela do quarto, contrastando com todo a tragédia que sofri na noite anterior, eu, que mal pude tirar alguns cochilos, despertei. Abri meu olho, me espreguicei, coloquei as mãos atrás da cabeça, e embora tendo todos os machucados e a memória de tudo o que aconteceu na noite anterior mais do que vívidos em mim, comecei a me concentrar no grande dia que ia ser. Lembrei de quando vi Sophia pela primeira vez na fila de um banco onde eu trabalhava como gerente, momento que fez meu coração disparar.

Por um instante, esquecendo momentaneamente de minhas privações físicas, sorrio, olhando a fotografia de Sophia que estava em cima do criado-mudo ao lado de minha cama, e começo a contar as horas que me separavam da troca de alianças.

Continuo lembrando que quando ela percebeu que eu não tirava os olhos dela, ficou um pouco sem jeito, mas conforme a fila ia andando, ela também me procurava de canto de olho, tentando não demonstrar interesse.

Foi daí que eu, todo solícito, cordial e usando meu charme, fui até ela e lhe ofereci ajuda. Foi amor à primeira vista.

Daquele dia em diante, eu tinha certeza de que ela era a mulher da minha vida.

Após tomar banho e me vestir, tinha pela frente agora, um novo e grande receio: a reação da pessoa mais importante da minha vida.

Liguei pra ela com o coração apertado e batendo a mais de cem de pulsações por minuto. Enquanto a aguardava atendar à chamada, fiquei muito apreensivo de como seria sua reação ao saber o que havia acontecido, especialmente, em relação ao olho. Minha cabeça rodava a mil por hora, com pensamentos sem controle.

Assim que ela atendeu com um bom dia carinhoso, logo fui contando o ocorrido sem rodeios. Mas confesso que o medo de perdê-la tomou conta de mim.

Falei tudo o que aconteceu sem ela me interromper, até chegar o momento em que ela disse com sua voz meiga:

— Terence, o amor verdadeiro e infinito que eu sinto por você e que sei que também sente por mim fará com que a gente supere todos... repito, todos esses momentos difíceis como esse pelo que está passando e pelos que, eventualmente, passaremos. Tenho certeza, Terence querido, de que se isso tivesse acontecido comigo, você também não iria me abandonar, muito pelo contrário, iria estar junto comigo para o que desse e viesse. Isso se chama amor.

O casamento foi bem simples, afinal, nós estávamos começando uma nova vida e não tínhamos muitos recursos para proporcionar uma grande festa, tanto é que só convidamos os parentes e alguns amigos mais próximos, que foram nossos padrinhos. Mas o que mais importava era o amor que nos unia.

Evidentemente, o que aconteceu na noite anterior ao casamento afetou não apena a minha psique, mas também a dela.

Por isso, entramos em contato com uma psicóloga que um amigo em comum nos indicou e fizemos várias seções que nos ajudaram muito na recuperação de nossa saúde mental e emocional.

Com o passar do tempo, eu saí do banco e montei meu próprio negócio no ramo imobiliário. E Sophia começou a vender roupas femininas online para academias. Ela alegou que seu antigo emprego, como atendente num shopping numa loja de cosméticos, era muito estressante e mal remunerado.

Mesmo tendo todo o amor do mundo por minha esposa, não me sentia muito confiante em contar tudo a ela, por receio de que pensasse que eu era algum tipo de aberração ou coisa parecida. O que acontecia era que, às vezes, quando eu tocava em alguém ou segurava alguma peça de roupa de outra pessoa, ou também brinquedos de crianças conhecidas, e fechava os olhos, conseguia visualizar coisas que estavam para acontecer, mas não com muita exatidão, principalmente quando eu não estava totalmente concentrado. Eu não dizia nada a ela nem a ninguém, com receio do julgamento alheio.

Mesmo assim, sabendo que tudo isso acontecia comigo, não deixava de ficar assustado. Essas visões me consumiam ardentemente, tiravam as minhas forças e me faziam suar muito.

Um tempo depois que essas visões começaram, Sophia ficou grávida, mas para não a assustar, e poupá-la de inconvenientes na gravidez, eu achei melhor não contar a ela a respeito de minhas experiências sensitivas. Queria deixá-la de fora de tudo isso.

Eu tomava o máximo cuidado para desviar minha atenção das minhas visões quando estava perto dela.

Desejava, claro, que ela tivesse uma gravidez tranquila. E foi o que ocorreu.

Um certo tempo depois que nosso filho nasceu, eu saí para uma simples caminhada na praia quando de repente um homem tropeçou e caiu bem perto de mim.

Eu o ajudei a se levantar. Mas não conseguia largar o braço dele, sentia uma corrente de energia muito forte vindo desse homem.

— O que está acontecendo, cara? Pode soltar meu braço? – Perguntou o estranho.

Eu continuei segurando o braço dele.

— Ei, tá tudo bem com você? Você está tremendo! — ele continuou perguntando.

— Sua esposa e filhos vão cair de um penhasco de cerca de 70 metros de altura se...

— Quê!? Você é louco. Solte meu braço!

— Depressa! Uma ponte no caminho para uma escola está prestes a desabar.

— Você está fora de si. Você...

— Você tem dois filhos?

— Não é da sua conta...

— Um deles está com o braço engessado? Sua esposa tem um Toyota verde?

— Como você...?

— Corra!! Ligue para ela! Peça para ela voltar!

O homem, mesmo desconfiado, mas com receio de que pudesse ser verdade, ligou para sua esposa, mas o maldito celular estava desligado.

Eu imediatamente fui pegar camionete, voltei correndo e falei para o estranho entrar no carro, e acelerei o máximo que pude.

— Sua esposa vai levar as crianças na escola?

— Sim.

— Que horas começam as aulas?

—13h30
— Deixe-me ver. Oh! Deus! São 13h08.
Quando faltavam cerca de 150 metros para chegar à ponte quebrada, nós os alcançamos e acenamos para ela parar. Assim que o carro da esposa do estranho parou, em questão de segundos, vimos a ponte começar a desabar. O estranho sai do carro para abraçar sua família, e, em seguida, todos ficam à minha frente. E aí é quando o estranho faz uma reverência a mim, como se eu fosse algum tipo de semideus.

Embora eu tenha tentado disfarçar, várias pessoas testemunharam tudo aquilo que tinha acontecido perplexas, e começaram a me olhar diferente. Eu percebia isso nitidamente.

O boato se espalhou rapidamente na comunidade, e pessoas me procuravam no meu trabalho, na minha casa, e eu não sabia como lidar com tudo aquilo. Vinham pessoas até de outros condados para tentar me ver, como se eu realmente fosse um salvador.

Daquele dia em diante, minha vida se transformou em um inferno; todos queriam que eu os tocasse para ver se algo bom ou ruim iria acontecer. Às vezes, até a polícia forense procurava minha ajuda para resolver crimes insolúveis. Eu não tinha mais privacidade, nem em casa, nem na rua, em qualquer lugar que eu fosse, alguém queria falar comigo a respeito de acontecimentos futuros.

Os "poderes" que eu havia adquirido devido àquela tempestade me faziam sofrer muito, pois cada vez que eu segurava alguém e me concentrava, eu podia, sim, ver coisas boas, mas na grande maioria das vezes eram visões que ofereciam perigo. E embora eu alertasse a pessoa do real risco que ela poderia estar tendo, o que eu falava entrava em um ouvido e saía no outro, ou seja, não me davam crédito nenhum. Achavam que eu era um charlatão ou até falso vidente, alguém querendo chamar a atenção para obter algum tipo de lucro em cima de publicidade...algo assim.

Foram várias as vezes que eu conseguia ver o perigo iminente, e que eventualmente terminava em tragédia.

Para que pudéssemos ter um pouco de paz e privacidade e criarmos nosso pequeno Arthur com mais tranquilidade, mudamos de cidade, porém nossa felicidade não durou muito. Alguém sempre acabava por nos conhecer e isso logo se transformava novamente em transtornos à nossa vida familiar e todo incômodo reiniciava. Isso aconteceu várias vezes. Por isso tínhamos que mudar de local constantemente, sempre na esperança de não sermos reconhecidos.

Mas claro que isso não acontecia. Foram anos tentando obter o anonimato, sem sucesso. Até que nossa última parada foi uma cidade muito pequena, perto da praia.

Sophia ouvia o que diziam a meu respeito, embora eu sempre tentasse o poupar do que falavam de mim. As pessoas chegavam até ela para tentar de alguma maneira conseguir um favor a mais, sendo esse favor normalmente era uma reunião entre mim e a tal pessoa. Claro que ela nunca dava crédito, até porque não acreditava em minhas visões. Parte disso foi minha culpa, eu tentei tanto esconder a verdade dela para lhe proteger e também a nosso filho que ela acabou por se tornar extremamente cética a respeito de meus poderes. Ela realmente não dava crédito à minha habilidade. E isso lhe custou a vida.

— Como assim? — Thomas pergunta, não querendo perder nenhum detalhe da história.

— Uma noite, enquanto ela preparava o jantar, eu a abracei e uma visão me veio à mente. Ela estava se afogando junto com o nosso filho. Eu podia até ouvi-la chamando meu nome e ele gritando: Pai! Socorro! Aquilo me assustou. Fazia muito tempo que eu não tinha alguma visão. Então, eu disse:

— Sophia, não pegue o barco amanhã.

— Por quê?

— Vai ter uma tempestade, uma grande. É melhor ficar em casa, pedi a ela, a preocupação evidente em minha voz. Ela era uma mulher muito destemida. Não tinha medo de nada. Certa vez, estava passando pela praia quando um jovem gritou por socorro. Ela imediatamente pulou no mar, nadou o mais rápido que pode em direção a ele e o trouxe vivo.

— Certo, querido. Nós não vamos. Só...— disse ela, deixando a frase no ar.

— Só o quê?

— Só se o tempo estiver bom.

— Não. Não! Não faça isso, não vá!— tentei contar a ela o que tinha aparecido na visão.

— E ela?
— Ela não prestou atenção. Ela até riu do que lhe disse. Naquela noite eu não queria dormir. Tentei ficar acordado para evitar que ela fosse para o mar.

Antes de dormir, eu clamei:
— Prometa que não irá para a água amanhã. Prometa que você vai me chamar quando acordar.
— OK! OK! Combinado!

Na manhã seguinte, quando abri os olhos, ela não estava mais na cama.

Procurei por ela por toda a casa.

Nem um sinal. Nem ela… nem nosso filho Artur.

Um mau pressentimento correu em meu corpo. Senti calafrios, o que nunca tinha acontecido antes.

Encontrei uma nota em cima da mesa da cozinha ao lado da minha xícara.

"Querido, eu não te acordei como prometi porque você estava dormindo como um bebê. Eu sei que você se importa comigo, mas não se preocupe. Nado desde os 6 anos. Nado como um peixe. Beijos.

Ah, o Arthur está indo comigo."

Logo o sol deu lugar a uma terrível tempestade. Corri para tentar encontrá-los, mas cheguei tarde demais. Gritei pelos nomes deles, mas o que vi foi o barco sendo levado pelas ondas e pelos fortes ventos, que logo fizeram com que a embarcação desaparecesse por completo. Perdi quem eu mais amava.

Me ajoelhei na areia e o mundo naquela hora desabou sobre mim.

Minhas lágrimas escorriam misturadas com os pingos da chuva.

— Meus Deus! Por quê? Por quê, meu Deus?

A minha vida parecia ter acabado naquele momento. Eu definitivamente não queria mais sentir aquelas sensações, não queria mais ter visões. Comecei a sentir muita raiva de tudo.

Então, depois de refletir por vários dias trancado em casa, decidi mudar minha vida. Entrei em contato com os familiares e pedi que viessem a meu encontro.

Reuni minha família em casa e comuniquei a eles da minha decisão. Expliquei o que me levou a tomar tal atitude. Disse a eles:

"Depois que eu fui atingido pelo raio, eu não tenho mais controle da minha vida, como vocês percebem. Não consigo mais viver com tranquilidade, como qualquer indivíduo normal. Não posso ir a um banco, ou supermercado, parque, cinema, teatro, aniversário, casa de amigos, e nem tampouco ficar aqui em casa. Nada.

Em qualquer lugar que eu vá, sempre há pessoas querendo minha ajuda. Isso está me consumindo. Isso não é vida!

E como vocês sabem, não fui capaz de impedir a morte da minha esposa e do meu filho. E se eu não consegui ajudá-los, não quero mais ajudar ninguém."

Espero que todos vocês compreendam e me apoiem em relação ao que eu vou lhes contar: é uma decisão definitiva! Mesmo que doa! Eu não vou voltar atrás! Quero saber se estão preparados.

— Meus Deus, filho! O que você vai fazer? Já estou ficando com medo dessa fala. Olhe lá o que você decidiu! Por favor. Diga logo, você está me assustando: a mim, seu pai e seus irmãos! — minha mãe se exaspera, em total pavor de qualquer atitude que eu poderia estar pensando em tomar.

— Mãe, fique tranquila; eu não vou fazer nenhuma besteira — digo entre risos. — Mas eu preciso sumir daqui, desaparecer do mapa. Eu realmente preciso voltar a viver como uma pessoa normal, desconhecida... livre. E sem que ninguém me conheça, para tentar tocar a minha vida. Por isso eu conto com a máxima discrição de vocês!

Eu vou simular que o meu carro caiu de um penhasco e tive um acidente fatal. Já escolhi até o lugar para onde vou me mudar. Daqui a um tempo vocês poderão ir me visitar, mas esperem até que eu entre em contato com vocês, esse espaço de dias, semanas, ou até meses é necessário para que as pessoas possam me esquecer um pouco.

Eles irão pensar que eu morri. Eles terão que pensar que minha vida acabou.

— Que você morreu? — pergunta minha mãe com um ar de temor, medo, e espanto em sua voz.

— Sim, mãe. Escutem todos, por favor: eu vou simular minha morte.

— Nossa, meu filho, mas por que você...

— Deixe o Terence falar, gente, meu pai interrompe todos antes que as incessantes perguntas pudessem começar.

— Primeiro, vou mudar minha aparência: raspar a

barba, a senhora irá tingir meu cabelo de ruivo para castanho, e também mudar o corte, vou comprar um par de óculos, adquirir algumas roupas em cores bem diferentes do estilo que eu sempre usei. E esperar.

— Esperar o quê? — pergunta meu pai.

— Pai, vou esperar anoitecer; vou vestir as minhas roupas novas bem tarde da noite, para que ninguém me veja. Vou deixar todas as minhas roupas antigas aqui em casa; só vou levar alguns objetos pessoais e meus documentos no porta-malas do carro.

— E como vai prosseguir a viagem?

— Mãe, eu já tomei todas as providências: paguei para alguém fazer novos documentos, digamos, ilegais.

— Você fez isso, meu filho? — minha mãe estava muito assustada com tudo o que estava ouvindo.

— Para o que ele quer, é preciso — pondera meu pai.

— E então? O que acontece depois disso tudo? — enfim meu irmão do meio pergunta.

— Então vou precisar ter a frieza necessária para fazer alguns pequenos cortes em meus braços e com um pano, esfregar sangue no volante do carro, no banco do motorista, no console e no vidro da janela, já quebrado anteriormente.

— Nossa, meu filho! Você irá se cortar... por que isso? É necessário se machucar, se ferir?

— Deixe ele falar — disse meu pai.

— E depois?

— Vou dirigir até encontrar o penhasco. Em seguida, saio do carro, jogo gasolina, que eu já coloquei em um galão de plástico, por dentro e por fora do carro, pego um pedaço de pano comprido, umedeço com um pouco de combustível, toco fogo em uma das pontas e coloco com cuidado a outra ponta em cima do banco do motorista.

E então empurro o carro morro abaixo. Com o tanque cheio e o fogo se espalhando por todo o carro, certamente haverá uma explosão e o carro ficará totalmente destruído.

— Mas, e o corpo, Terence? — meu irmão mais velho interferiu. É preciso que haja um corpo...

— Pois é, isso foi o mais difícil. Mas tudo é possível online hoje. Como eu não podia correr nenhum risco, eu pedi para um amigo de confiança, que é um perito em tecnologia digital, para entrar na Dark Web, sem deixar rastros, e comprar um cadáver.

— Um cadáver?! Como assim, meu filho? Que conversa idiota é essa?! Não fale isso nem por brincadeira! — minha mãe estava assustada e ainda tentando digerir tudo que eu tinha acabado de dizer.

Num primeiro momento, meu amigo estranhou, disse que eu só podia estar brincando e riu.

— Terence, você só pode estar brincando, né? Cadáver, credo!

— Amigo, é sério. Estou em desespero total, digo a ele. Depois que eu expliquei tudo a respeito, ele concordou em me ajudar. Eu já o havia tirado de várias enrascadas, ele me devia essa.

— OK. Eu vou lhe ajudar porque você sempre foi um grande amigo e me ajudou de muitas enrascadas, lembra?

Se não fosse você, talvez hoje estivesse fichado na polícia, lembra das minhas pichações? E também não estaria casado com a Michelle.

Após ter recebido o produto com um endereço falso numa casa fechada há meses, ele excluiu todas as pistas do computador para que a polícia não pudesse rastreá-lo. Eu tive que contar a ele o porquê dessa compra, claro, mas ele irá manter o segredo, disso eu não tenho nenhuma dúvida, até mesmo porque, agora sabendo de toda a história, todos ali haviam se tornado, mesmo sem querer, cúmplices do meu plano.

Eu sei, isso soa horrível, macabro, pecaminoso até, mas precisei fazer isso para que todo o plano parecesse convincente e levasse as pessoas a acreditar que eu realmente morri.

— Quando a polícia for avisada, eu já estarei longe. O local que eu escolhi é ermo, não passam muitos carros por lá. Isso não será problema. Já está tudo programado.

Diante do olhar preocupado da minha família, acrescentei:

— Eu vou ficar bem, mãe. Pode ter certeza. É a única oportunidade que tenho para voltar e viver feliz.

— E quando alguém vier aqui em casa trazer a notícia da sua "suposta morte"? E os vizinhos? E seus primos, tias, amigos? — perguntou meu irmão mais velho. — Como vamos fazer? Afinal, a gente sabe que isso não aconteceu.

— Vocês vão precisar 'representar' que estão enlutados. Tristes. Ou seja, darem uma de ator, tipo Al Pacino ou Roberto de Niro.

Naquele momento, mesmo com a sombra no olhar de meus familiares, houve uma descontração e todos sorriram.

— A polícia vai abrir inquérito sobre o acidente, Terence, como você acha que eles irão explicar o que aconteceu? Que você deliberadamente jogou seu carro no penhasco? Vão concluir que foi suicídio?

— Não, mano. Eu vou plantar algumas garrafas de uísque no chão do passageiro, isso vai fazer com que eles sigam a hipótese de que eu bebi ao volante, perdi a direção do carro e o acidente foi uma fatalidade. Não quero que pensem que foi suicídio, porque senão a seguradora não pagará o prêmio de meu seguro de vida a vocês. Mas, se o laudo for dado como acidente, vocês têm o direito de receber o dinheiro.

— Filho, você não está fazendo isso somente pelo valor do seguro, está? — minha mãe, ao invés de tentar compreender o motivo real do porquê de atitude tão radical de minha parte, questiona, na sua ingenuidade.

— Não, mãe. Eu preciso ter as rédeas de minha vida novamente. Quando a polícia for à minha casa para o resto da investigação, encontrará um diário, que venho escrevendo desde que perdi Sophia e Arthur. Ali há alguns textos em que eu estou claramente triste, mas não a ponto de cometer suicídio. Os textos levam a acreditar que eu estou mergulhando no mundo do alcoolismo, bebendo sem parar por não conseguir encarar o fato da morte dos dois. Nada diz sobre meus poderes, nem sobre a premonição que tive do dia da tempestade onde perdi meus amores. E quanto ao seguro, meus beneficiários eram Sophia e Arthur, e na falta deles, parentes de primeiro grau.

— Então não será algo muito complicado a fazer. Um corpo carbonizado, a placa do carro estando em seu nome, você desaparecido de sua residência... a polícia vai encerrar o caso como acidente devido à embriaguez. Mas... e como você vai se virar com grana?

— Não preciso desse dinheiro nessa nova fase da minha vida. Sophia tinha a mania de guardar dinheiro em casa. Então tenho algumas economias. E lá onde eu vou morar, vou conseguir me sustentar até eu encontrar algo pra trabalhar. Podem ficar despreocupados em relação a isso e a tudo. Quero apenas ser esquecido por todo mundo, e ter a chance de poder continuar minha caminhada em paz, em algum outro lugar, longe daqui.

Meu pai encerra a conversa falando:

— Estaremos aqui quando você precisar de algum auxílio. Conte com a gente.

Foi assim que mudei minha vida. Raspei minha barba, como tinha dito na reunião de família, tingi meu cabelo ruivo por castanho, que pelo tempo se tornou grisalho, comprei um par de óculos, fechei minha casa, esperei um momento certo para colocar alguns objetos no porta-malas do carro, e empurrei o carro colina abaixo, troquei minha identidade e... aqui estou.

— Sozinho.

— Mas feliz. Eu queria que todos soubessem que eu estava morto! Veja. Eu não deveria, mas vou provar a você

que estou dizendo a verdade e realmente posso lhe ajudar.
— Mas como?
— Eu vou tocar seu braço e você vai pensar em algo que você fez no passado e que ninguém jamais soube, e daí vou te contar o que você pensou.
— Nem mesmo Thomas?
— Nem mesmo seu esposo.
— Está pronta para o que vou revelar?
— Sim, mais do que pronta.
— Eu estou vendo você. Estou lhe vendo numa fábrica de materiais de construção. Você está perto de seu pai. Vê uma máquina grande, parece uma empilhadeira, e vai em sua direção, cheia de curiosidade. Sobe na máquina e começa a apertar os botões. Um deles faz com que a máquina ligue o gancho da empilhadeira e se mova em direção a algumas vidraças, quebrando alguns vidros. Você sai correndo da máquina, voltando para o lado do seu pai, como se nada tivesse acontecido.
— Uau! Nem posso acreditar! Ninguém nunca ficou sabendo disso, nem Steve, para quem eu sempre contava tudo.
— Thomas, percebo uma vibração muito cética vindo de você. Gostaria que eu também tentasse revelar algo a seu respeito?
— Hmmm, desde que não me comprometa — fala rindo.
— Terence segura sua mão esquerda e por segundos fecha os olhos. Abre com um sorriso malicioso no rosto e se dirige a Thomas dizendo:
— Ok, não é nada comprometedor para seu casamento,

mas por que você nunca contou a ninguém que pegou o carro de seu pai sem autorização quando ainda era menor de idade e saiu com seus amigos para uma festa, só que na volta para casa teve um acidente que destruiu a parte frontal do carro, e você o abandonou na rua, voltou para casa a pé e nunca disse nada a respeito para ninguém, deixando seu pai acreditar que ladrões pegaram o carro e o destruíram? Que coisa feia — comenta Terence, entre risos marotos. Thomas ouve aquilo tudo de boca aberta, finalmente dando o braço a torcer em acreditar no que Terence diz. Olho para meu marido, com vontade de comentar algo, mas antes que possa dizer alguma coisa, ele se antecipa:

— Nem pergunte nada a respeito... crianças... fazemos cada besteira! — Rimos todos juntos e enfim Thomas se dá por convencido da veracidade das informações que Terence pode vir a revelar sobre o paradeiro de nossa filha.

— McThorn, você vai trazer nossa filhinha de volta? — pergunta meu esposo, com olhos já meio marejados.

Terence olha para ele e, em seguida, para mim. O que vejo em seus olhos é indecifrável, mas seu tom de voz é suave ao dizer que fará o que for possível para nos ajudar.

XV

— Se sua filha usa um pouco de telepatia, talvez eu possa entrar em contato com ela.

Vou precisar que você volte para casa e traga os pertences aos quais sua filha era mais apegada.

— Ah sim, claro. Mas eu tenho comigo, uma das bonecas preferidas dela, uma Barbie, será que pode ajudar para alguma pista?

Terence pega a boneca na mão. Fecha os olhos, concentra-se, e segundos depois, descreve alguns poucos detalhes. Ele diz que vê minha filha trancada em um lugar escuro, algo como um porão, em algum lugar.

— Laura, Thomas, apenas a boneca não é suficiente para que eu possa dar mais detalhes, preciso estar dentro do quarto dela, sentir as vibrações com mais objetos pessoais para tentar entrar em contato com ela. Não sei se poderei visualizar a situação como um todo, mas farei tudo que estiver a meu alcance.

— O que estamos esperando? Vamos logo pegar a estrada novamente!

Eu me pego já imaginando minha pequena nos meus braços, em casa, sã e salva, protegida da maldade alheia.

Especialmente depois do que Terence falou sobre mim, tenho a certeza de que Deus sempre escutou todas as minhas orações, e especialmente agora, não irá me abandonar.

XVI

A distância entre o farol e nossa casa era de uma viagem longa, mas a impressão que dava é de que as horas se transformavam em dias. Quando, enfim, chegamos em nossa casa, levei Terence imediatamente para o andar de cima até o quarto de Barbra. Abri a porta, e nesse momento vi que ele ficou um pouco tenso, mas achei isso normal, diante de todos os fatos que ele tinha nos contado anteriormente. Afinal, já havia algum tempo que ele tinha parado de ajudar as pessoas, teve traumas pessoais para considerar, e do nada aparece uma mãe que consegue receber mensagens de sua filha desaparecida há dois anos?

Terence entrou no quarto, pegou alguns brinquedos, mas, segundo ele, roupas seriam mais apropriadas. Abri a cômoda e lhe entreguei uma camiseta e um par de calças de moletom de minha pequena menina. Ele segurou a camiseta fortemente em uma das mãos, a calça em outra, fechou seus olhos, e quase que instantaneamente, disse:

— Eu a vejo trancada em um porão muito escuro vigiado por, o que parece ser, capangas, em algum lugar. Vigilância pesada. Quando sai do quarto para tomar sol, os bandidos colocam uma venda em seus olhos para não ver ninguém. Espere! Lá há outras crianças também — Terence diz que pode ouvir o choro e a voz de algumas delas também.

— Como ela está? Ela está bem? Ela está machucada? Oh! Meu Deus, deixe-me falar com ela. Eu quero vê-la.

Tento tocar o braço de Terence, na esperança de que ele funcione como um transmissor de imagens, mas no momento que toco sua pele, sinto uma corrente de energia tão forte que mais pareceu um choque de luz. Minha atitude faz com que Terence solte uma das peças de roupa de suas mãos, quebrando, assim, a visão que estava tendo de Barbra.

Thomas acompanhava tudo ao meu lado, e com lágrimas nos olhos, pega a peça de roupa que caiu no chão, entrega a mim e diz:

— Laura, Terence é o único aqui que pode entrar em

contato com Barbra nesse momento.
— Vá em frente, por favor, Terence! — eu suplico. — Prometo que não irei mais lhe interromper.
— Por favor, deixe-me concentrar... — Terence pega a peça de roupa das mãos do meu marido. Inicia o processo novamente. Relata que ela está magra, magra demais... triste. McThorn continua:
— Um pouco cansada, mas... espere! Parece que ela também está sentindo algo... uma energia vindo em minha direção. Acho que ela está ... me vendo. Sim!! Ela ESTÁ! Ela pode me ver!
— Barbra, Barbra, pode me ouvir? Tá me vendo?
— ele pergunta, ainda de olhos fechados. E foi nesse exato momento que a televisão do quarto de Eddie, onde ele estava jogando videogames desde a hora que chegamos, sobe o volume sem motivo algum, sobressaltando meu filho e fazendo com que ele gritasse em um susto tremendo. Corremos para a porta de seu quarto, e foi quando duas palavras, "VENHAM AQUI!", começaram a piscar por alguns segundos, e um comercial simplesmente deu sua mensagem:
"Esses tapetes são os melhores da cidade?"
"Sim, venham aqui. Eles são realmente os melhores que você pode encontrar".
Poderia ser apenas uma coincidência? Ou minha imaginação?
Não, não vou enlouquecer, é apenas uma coincidência, claro.
Assim que me virei para Terence, a camisa da Barbra que

ele estava segurando saltou da mão esquerda e veio cair junto aos meus pés.

Os canais de TV começaram a mudar sem parar e as luzes se apagavam e acendiam... e... de novo aparecia "VENHAM AQUI".

Aos poucos, o volume voltou ao normal e a tela de jogo do meu filho apareceu como se nada houvesse acontecido.

— Entendeu? Essa é uma maneira que sua filha está tentando manter contato com você — diz Terence.

— Nossa, nem sei como lhe agradecer, que Deus lhe pague!

— Eu ficaria bem recompensado se eu puder ajudar vocês a encontrarem sua filha, sã e salva. Coisa que eu não consegui com minha esposa e filho — finaliza ele, com voz pesarosa.

XVII

Depois de tantas novas emoções e descobertas, passado o frenesi inicial, nos demos conta do tamanho de nosso cansaço, tanto físico como emocional. Eddie quase implorou para que pedíssemos alguma comida que não fosse pizza, pois, nas palavras dele, "tanta coisa importante acontecendo merece algo mais do que simples fatias com queijo". Optamos por comida chinesa, e enquanto Thomas aguardava a entrega, subi e arrumei a cama de hóspedes para Terence, que já tinha pedido licença para tomar um banho.

Comida entregue, mesa posta, sentamo-nos todos para jantar. E por incrível que pareça, aquele foi o momento em que minha família voltou a respirar um pouco mais aliviada, sem a sombra da falta de Barbra junto às refeições. Agora, sabíamos que poderíamos encontrá-la, fosse em qual lugar ela estivesse, afinal, eu moveria mundos e fundos para poder ter minha filha junto a nós novamente.

Terminamos o jantar, todos ajudaram na limpeza e fomos dormir. Por várias e várias noites antes de nossa viagem ao farol, meu sono era cheio de sobressaltos, tenso, e não por poucas vezes eu acordava cansada na manhã seguinte. E quando acordei, mal pude acreditar que havia dormido mais de seis horas sem interrupção. Tudo parecia se encaixar perfeitamente nessa nova fase de nossa família, até que escuto um barulho vindo do quarto de minha filha.

Acordo meu marido, abro a porta de meu quarto, e vejo que a porta do quarto de Barbra está aberta. Vou até lá, e vejo Terence olhando fixamente para uma caixinha de música que minha mãe deu a meu bebê quando ela ainda nem falava. Uma melodia suave sai da caixa de música, quando, sem nem olhar para trás, Terence fala:

— Precisamos ir.

— Ir? Para onde? O que aconteceu? Terence, me fala, por favor! Minha filhinha está bem? Ela está mandando alguma mensagem?

— Não sei se é alguma mensagem, Laura, mas precisamos

sair rápido. Temos que ir em direção oeste.

Thomas, que estava atrás de mim ouvindo toda a conversa, se sente um pouco incomodado com os eventos acontecendo tão subitamente, e confessa para mim que não sabe se deveríamos seguir na direção mencionada. Isso faz com que me sinta um pouco mal, afinal, Thomas e eu nunca tínhamos entrado em nenhum atrito por conta de nossas decisões antes. Viro para ele e aviso, sem pestanejar: — Eu vou.

Vendo o quão irredutível eu estava, restou-lhe apenas aceitar.

Acordamos Eddie, refizemos nossas malas, arrumamos o carro e partimos rumo a algum lugar no oeste do país, mas não sem deixar de colocar em nossa bagagem roupas e brinquedos favoritos de Barbra.

Pela primeira vez, saímos de Flakeview County sem destino certo. E o melhor de tudo é que estávamos felizes com esta decisão.

Conforme íamos nos afastando de nossa cidade, o nervosismo de todos ficava mais aparente. Thomas, por não saber para onde ir, Eddie, por perceber que ficaria outras não sabia quantas horas intermináveis dentro de um carro comum, eu, por ter a possibilidade de encontrar meu bebê, e Terence, por sentir que um peso imenso havia sido colocado em suas mãos. Tentávamos nosso melhor para fazer com que tudo corresse com uma certa leveza, mas havia, sim, uma névoa de ansiedade no ar. E alguém pode culpar um de nós por nos sentirmos assim?

Fizemos nossa primeira parada umas 4 horas depois de

viagem para comermos alguma coisa e podermos esticar as pernas. Terence aproveitou para segurar algum dos objetos que trouxemos do quarto de Barbra, mas limitou-se a dizer "Ainda não estamos perto".

Logo depois de terminarmos nossas refeições, voltamos para o carro, e McThorn pediu para que nós não falássemos com ele por um tempo porque ele iria tentar se comunicar novamente com Barbra antes de partirmos.

— E aí, Terence? Está conseguindo? — perguntei, ansiosa.

— Psiu! Ele está se concentrando — me alertou Thomas.

E com o carro ainda desligado, eis que, de repente, uma voz de mulher vinda do GPS disse: virar à direita a 350 metros. Seguir adiante por mais 76 quilômetros.

Abastecemos o carro após nosso lanche para podermos seguir com segurança. Aproximadamente uns 50 minutos depois, Terence fala com bastante urgência: – Entre na próxima saída à direita. Olhamos em volta, mas tudo o que podíamos ver eram plantações. Mas, como demos todo nosso voto de confiança a ele, obedecemos sem questionar. Dirigimos por mais uns 50 quilômetros, quando ele pede para pararmos o carro. Pega a caixinha de música, abre, segura fortemente e, com os olhos fechados, diz: — Estou no campo, sinto o cheiro de mato, mas não consigo ver onde estou. Escuto um cavalo relinchar e a risada de uma mulher. Continue vindo. — A capacidade de telepatia de minha filha não para de me surpreender. O poder que Terence tem dentro de si é gigantesco. Terence abre os olhos, olha fixamente para mim e Thomas, e aponta para seguirmos. Alguns minutos depois, olho para ele e pergunto, apenas para tranquilizar meu coração, se na mensagem ele tinha visto Barbra. "Não", ele responde, "somente escutei sua voz dizendo aquelas palavras".

Continuamos nosso caminho, afinal, os sinais estavam mostrando que estávamos na direção certa.

XVIII

A pós dirigir por mais uns vinte e oito quilômetros numa estrada de terra, vimos um homem bem simples andando de bicicleta. Paramos e falamos com ele.

Por um instante, ficou um pouco receoso, mas logo percebeu que a gente queria apenas uma informação:

— Boa tarde, o senhor mora por aqui?

— Boa tarde, não, eu moro num sítio a uns minutos daqui. Tô levando remédios pra minha irmã que mora subindo essa estrada. Ela usa cadeira de rodas e por isso todo mês eu faço isso. Mas por que a pergunta, seu moço?

— Por acaso o senhor já viu algumas crianças brincando por aqui em alguma casa, fazenda ou chácara? — pergunta Thomas

— Por aqui? Não, senhor. Por quê?

— Bem, ficamos sabendo que....

— Ah, lembrei! — ele interrompe Thomas.

— Sim, já vi algumas crianças. Como a minha irmã mora no morro, um dia eu tava conversando com ela quando lá de cima avistei umas crianças em uma fazenda, mas achei estranho.

— Por quê? — pergunto.

— Eram mais de meia dúzia de crianças e elas tavam paradas. Não brincavam. Pareciam... tristes... ou doentes. Aquilo não era normal, crianças são serelepes, tudo agitadas — fala o homem na bicicleta.

— O senhor sabe dizer se há algum haras por essas imediações?

— Haras? O que que é isso?

— Um sítio, ou fazenda; um lugar onde criam e treinam cavalos.

— Ah, isso eu não sei, não, senhor. Só vi uma vez uma mulher andando a cavalo lá dentro dessa mesma fazenda.

Um silêncio tomou conta de nós e uma expressão de ânimo misturada com esperança pairou em nossas faces.

— Você poderia nos levar até esse lugar? — peço ao homem. — Nós te pagamos bem por isso. E adiantado.

Você vai poder comprar remédio para a sua irmã por meses e ainda pode ter algum troco.

— Eu posso tentar explicar daqui como se chega lá, mas eu não queria ser visto com vocês. E nem que vocês digam que fui eu que falei, ele completa.

— Mas... por quê? — Thomas diz, surpreso com a frase do homem.

— Um dia, tentei vender alguns produtos da minha pequena produção no sítio, e fui atendido muito mal por dois homens armados. Isso me deixou com medo, até porque, na hora que tava lá, chegou um furgão todo escuro, não dava pra ver nada dentro. Tive a impressão de escutar uma criança dentro do carro. Um dos capangas olhou diretamente pra mim e gritou: "Tá procurando o quê aí? Tá aqui o dinheiro. Agora, vá embora! Pode ir!". Peguei minha cesta, coloquei na bicicleta e me mandei de lá sem olhar pra trás. Não quero entrar em confusão. Sempre que vou no sítio da minha irmã, desvio quando chega perto dessa gente. Não vendo mais nada para eles!

— Entendo — Thomas responde, percebendo que esse era realmente o lugar certo que estávamos à procura.

Enquanto o homem estava explicando como chegar à fazenda, me peguei com os olhos lacrimejados na esperança de estar cada vez mais próxima de minha neném.

Assim que o estranho foi embora, Terence anunciou:

— Estamos cada vez mais perto! As vibrações estão aumentando, dando ainda mais veracidade às minhas intuições.

— Que Deus nos ajude nos guiando para encontrarmos nossa filha... viva e saudável — peço.

— Mas o homem disse que havia dois homens armados. Isso é muito perigoso, Terence alegou. Provavelmente há mais bandidos lá. Não podemos ir sozinhos, seria uma loucura. Além de ser perigoso, estragaríamos tudo.

— Verdade. A gente não pode achar que somos super-heróis ou pessoas com uma certa experiência como esse tipo de gente... e não podemos esquecer de que Eddie está conosco, de forma alguma colocaremos a segurança dele em perigo!!!!

— Precisamos de um pessoal preparado. Polícia especializada. Vamos voltar. Temos que falar com Steve, como ele é advogado, pode tentar falar com um juiz de uma comarca ou condado mais próximo e então contamos tudo a respeito.

Imediatamente, ligo para meu irmão e o coloco a par de tudo que vem acontecendo desde que saímos de nossa cidade para irmos até o farol, no Texas, alguns dias antes.

Voltamos para a casa de mamãe. Foram algumas outras longas horas de viagem, mas que de alguma maneira passaram voando, sem não antes deixar todo o percurso de volta gravado no GPS do carro. Assim que chegamos a Long Woods, ligamos para o delegado encarregado do caso.

— Dr. Xavier, o senhor poderia ir conosco até a casa do juiz? Steve nos acompanhará e pode lhe deixar a par de tudo.

— Claro. Vocês descobriram algo novo?

— Sim. E muito relevante.

Contamos tudo ao delegado Xavier, e tendo em mente que a situação era extremamente delicada por envolver menores de idade, a polícia de Long Woods coloca toda sua força tarefa para resolver a situação. Iniciaram todo o processo com a ajuda da polícia do local onde estava essa fazenda. Dr. Xavier entrou em contato com o delegado local, explicou a necessidade de sigilo da operação, e assim que tudo estava dentro do planejado pela polícia, os oficiais entraram em contato com os grupos de operações especiais antissequestros, solicitaram reforço de agentes, e reuniram-se para efetuar um cuidadoso e meticuloso plano de ação para invadirem o local. Assim que tudo estava pronto, com provas de gravação com escuta telefônica dos telefones de alguns dos bandidos, Dr Xavier, Steve, eu, Thomas e também Terence fomos juntos à casa do juiz, Dr. Oldmoore, para requerer um mandado de busca e apreensão.

Mamãe fez absoluta questão de cuidar de Eddie. Disse que por dinheiro nenhum no mundo deixaria que colocássemos a vida do seu único neto em perigo. Então, Eddie, no auge de sua maturidade de dez anos, anuncia, cheio de coragem:

— Eu cuido da vovó, e vocês vão lá para poderem trazer Barbra novamente para casa.

Com o mandado em mãos, voltamos a seguir viagem, desta vez com a certeza de onde estávamos indo, e o que poderíamos encontrar. Ao chegar na entrada da propriedade acompanhados de carros policiais, o delegado local pediu que nosso carro ficasse próximo da porteira da fazenda, mas não dentro da propriedade, para que nossa integridade física não fosse colocada em perigo. Para tanto, um dos policiais ficaria conosco no carro. Obedientemente, seguimos as instruções, mas a polícia foi muito gentil em nos deixar um rádio comunicador caso algo suspeito ou perigoso aparecesse perto de nós. Foi até interessante vermos como eles se paramentaram, com minicâmeras em seus uniformes, e para os atiradores de elite que iriam se espalhar na fazenda, pontos de áudio intra-auriculares. Com a posse do rádio, o canal da polícia ficou aberto para nós, e pudemos acompanhar o desenrolar da ação. Assim, ouvimos quando a polícia bateu à porta da fazenda e foi recepcionada por, o que parece ser, um dos capangas.

— Pois não?

— Recebemos uma denúncia de que aqui neste local há crianças sendo confinadas. Precisamos entrar para averiguar.

Mesmo mostrando o mandado de busca, o funcionário, supostamente um dos sequestradores, se recusa a deixá-los entrar com a justificativa de que estão em meio a uma reunião de negócios que não pode ser interrompida. Ele faz um aceno de cabeça em despedida e, já fechando a porta, pede para que os policiais voltem em outra ocasião. Os dois policiais decidem não tomar nenhuma decisão precipitada e ficam aguardando uma instrução dos superiores que estavam acompanhando tudo a uma certa distância, atentos a cada palavra e expressão corporal pelos rádios e câmeras.

Dentro do carro no qual estávamos, também tínhamos acesso à maioria das informações sobre tudo que estava acontecendo. O policial que estava conosco fazia questão de nos passar todas as atualizações e explicações sobre cada passo da ação. Conosco, o rádio, e com ele, o celular pertencente à corporação policial, com integral acesso a qualquer imagem que se fizesse importante a toda operação. Ao mostrar algumas fotos e vídeos enviados pelos dois policiais que foram fazer a abordagem na casa, Thomas arregalou seus olhos e pediu para que o homem da lei desse um zoom em uma das imagens da porta da residência. Nosso novo 'passageiro' prontamente atendeu e, assim que a imagem foi novamente estabilizada, o espanto foi completo: várias trincas, todas seguindo um mesmo padrão, podiam ser vistas no vidro ao redor da porta principal. Padrões muito parecidos com aquele que vimos há algum tempo, no espelho de nosso banheiro.

Mandamos uma mensagem para os dois policiais que estavam próximos à entrada da casa, alertando-os para que tivessem ainda mais cuidado, uma vez que esse tempo de espera era mais do que suficiente para que os supostos criminosos pudessem se organizar no interior do local para um ataque ou fuga. Aproveitamos e solicitamos mais algumas fotos e vídeos da entrada da residência e de todas janelas ou vidros que encontrassem ao redor. Rapidamente, começamos a receber um grande conteúdo para analisar. Não precisamos de nenhum detetive ou perito para nos trazer a confirmação daquilo que já sabíamos, não havia mais dúvidas: o mesmo padrão de trincas podia ser visto na maioria dos vidros ao redor de toda a casa. Nossa filha estava ali, e estava tentando se comunicar conosco. Aquela era a casa pela qual estávamos procurando nos últimos meses. Nossa filha estava ali!

O policial que estava conosco não pensou duas vezes e comunicou o líder da operação de tudo que havíamos descoberto. Rapidamente, vários agentes foram enviados para as imediações da casa para dar apoio aos dois policiais que ali estavam. Pudemos ouvir pelo rádio novos reforços sendo chamados à medida que o clima de tensão aumentava e nossas respirações tornavam-se cada vez mais ofegantes. A cada batida de nossos corações, podíamos sentir nossa filha um pouco mais perto. Precisávamos agir rápido para salvar a sua vida e, possivelmente, a vida de muitas outras crianças que também poderiam estar ali dentro. Porém, também sabíamos que, agora, todo cuidado era necessário para que a operação saísse perfeitamente bem. Já havíamos passado do ponto de retorno e, naquele momento, qualquer erro poderia ser fatal.

Uma nova ordem foi emitida pelo rádio aos policiais que estavam esperando perto da porta da casa. A mensagem não poderia ter sido mais clara: "Tentem contato mais uma vez. Última tentativa de convencê-los a deixar entrar na casa". Um silêncio sepulcral pairava pelo ar. Nenhuma palavra era dita dentro do carro e nenhuma voz era ouvida nos rádios. Os dois policiais aproximaram-se novamente da entrada e novamente bateram na porta, chamando pelos moradores ou funcionários. Um dos policiais tenta convencê-los de que seria melhor obedecer, caso contrário ele seria autuado por desacatar e desrespeitar a autoridade policial e isso poderia lhe trazer sérias consequências, mas logo os policiais são recebidos por outros dois capangas fortemente armados.

Os bandidos tentam intimidá-los com revólver e fuzil, e os policiais imediatamente ordenam que os meliantes abaixem as armas, ordem a qual não foi atendida. Nesse momento, escutamos o primeiro tiro, seguido de uma rajada vinda de outro local que não a entrada. Não pudemos distinguir quem atirou contra quem. Os dois capangas são feridos mortalmente e os policiais invadem a propriedade. Outros bandidos surgem e atingem dois policiais. Um deles cai e não se levanta.

Durante o tiroteio, que pareceu demorar uma eternidade, pudemos testemunhar capangas soltando vários aninais da fazenda para confundir a movimentação policial. Ouvimos relinchos vindo dos estábulos, as pisadas fortes dos cavalos no chão batido correndo em várias direções, pássaros saindo em revoada das árvores ao redor, e cães desesperados, que aparentemente foram treinados para defender a propriedade contra qualquer intruso indo em direção à força policial. Enquanto há o tiroteio, conseguimos ver, ainda, à distância, janelas abrindo do segundo andar da propriedade e garrafas flamejantes sendo jogadas explodindo em contato contra toda e qualquer superfície, humana ou não. A cena era de caos total. Nós, dentro do carro, nos sentimos impotentes e desesperados estando tão próximos desse campo de batalha e tememos até por nossas próprias vidas. Diante das labaredas que se formavam ao redor da casa toda, a cena da destruição do dia mais fatídico da nossa família voltou com toda força à minha mente, me assombrando novamente e causando um medo irracional de que, desta vez, realmente não poderia salvar ninguém que estivesse comigo. Foram segundos de uma inexplicável tortura egoísta, em que temi mais pela minha vida do que pela vida daqueles que estavam comigo dentro daquele carro. Ouço um barulho metálico vindo de qualquer lugar que me tira deste transe macabro, viro para trás e vejo o policial ferido por uma bala. Meu instinto médico imediatamente entra em ação e peço a McThorn para pressionar o local do ferimento e evitar uma tragédia maior dentro do veículo. Talvez por conta desse tiro, meu pensamento retorna a casa, onde ainda travam a batalha armamentícia. Voltando meu corpo à frente, tento assimilar o que acontece do lado de fora do carro, e percebo uma movimentação estranha à lateral da casa, próximo a um galpão, que até aquele momento me tinha passado despercebido. Vejo vultos correndo para lá e podemos escutar o barulho do motor de um carro sendo ligado e saindo à disparada. Vemos um casal dentro do veículo, em uma camionete potente saindo por um local estrategicamente preparado mata adentro caso fossem descobertos. Não sabíamos o que fazer, se saíamos atrás do carro em fuga ou se aguardávamos as ordens dos policiais. Mas, como disse anteriormente, não tínhamos nenhuma experiência com esse tipo de situação, o medo nos paralisou e ficamos somente olhando o carro desaparecer na mata.

Depois de alguns minutos com o barulho de tiros incessantes, o esquadrão de táticas especiais antissequestro invade a casa, consegue imobilizar os bandidos e todos que trabalhavam no local, o jardineiro, a cozinheira, o cuidador dos cavalos, e todos os presentes, feridos ou não, são presos e levados para um camburão. No momento em que o furgão cruza a porteira, recebemos a permissão de entrada na fazenda. Ouvimos pelo rádio o time tático dizer que encontrou vestígios de crianças no local por meio de comidas, caixas de cereal, de leite, mas não veem nenhuma por perto. Podemos ouvir os agentes procurar portas falsas nas paredes através de batidas, com toda sua expertise, mas não encontram nada. Começam então a bater com o solado do sapato no chão, o que a princípio pensamos ser muito estranho, mas Terence nos afirmou que soube de situações em que os policiais encontram saídas subterrâneas escondidas sob alçapões. Até que, ao longe, escutamos vozes abafadas de crianças gritando por socorro... vindo por uma suposta passagem secreta atrás de um armário da cozinha. Após descobrirem a entrada e caminharem uns cinco metros à frente, os oficiais encontram dois cômodos clandestinos que estavam com fechaduras e trancas de madeira. Arrombam as portas, e com enorme alegria camuflando o dó na alma pelo estado deplorável em que elas se encontravam, eles gritam:

— Encontramos! Encontramos as crianças!

Nesse momento, demos um pulo misto de susto e alegria de dentro do carro.

Ainda ouvindo pelo rádio transmissor, seguimos acompanhando as conversas entre policiais na casa, olhei para Thomas e vi que sua apreensão, se não tanto quanto a minha, conseguia ser ainda maior.

Uma policial que estava junto na operação tentava acalmá-las dizendo:

— Podem ficar tranquilos. Não precisam mais ficar com medo. Prendemos os bandidos. Vocês estão a salvos. Logo, logo suas famílias virão buscá-los.

Do carro, pergunto com muita ansiedade pelo rádio comunicador como estão as crianças e peço para a policial colocar a Barbra na escuta para eu ouvir a voz dela. E, claro, para finalmente, ficarmos tranquilos.

— Laura, ainda não encontramos Barbra. Vamos continuar procurando por todos os lugares. Fique tranquila, nós a encontraremos — diz a mulher da lei.

— Não encontraram? Como assim? Ela não está aí? — grito sem poder acreditar no que acabei de escutar. Não pode ser! Pelo amor de Deus! Procurem bem, por favor!

Em meio a uma enorme angústia, tormento e muito perturbada emocionalmente, sinto palpitações e quase chorando, com a voz engasgada, digo para o grupo dentro do carro:

— Será que ela foi levada pelo casal que conseguiu fugir? Não!! Meus Deus, não!

No meio do meu desespero, Terence tenta me acalmar:
— Espere. Deixe-me concentrar... Vou tentar entrar em contato com ela.

Olho sem conseguir piscar para Terence, toda aflição presa em meu peito parece que vai sair por meus olhos. Segundos depois, percebo uma leve mudança no semblante dele, que me leva a acreditar que Barbra está entrando em contato e começando a passar informações.

— Tem duas alavancas escondidas dentro da lareira, uma em cada lado, que abre um alçapão. Mas, cuidado, um dos bandidos está aqui embaixo me segurando com uma arma.

Sim, são palavras de minha filha saindo pela boca daquele que se tornou tão importante para nossa vida em poucos dias. Por fim, respiro novamente e, apreensiva, aguardo pela movimentação dos policiais.

Os policiais abrem a tampa do alçapão, e assim que descem por uma escada, se deparam com um sequestrador que estava segurando uma menina amordaçada como escudo humano. Ele ameaça:
— Não se aproximem, senão ela morre. De nada valerá a pena essa invasão para salvar as crianças se uma delas morrer por sua causa. A família não iria perdoar.

O policial enfurecido, mas comedido, ouve o bandido calmamente. Nesse momento, olho para Terence, que está sentado no banco de trás do carro junto com Steve e mais o policial ferido, e o vejo com os olhos fechados. Posso ver suas pálpebras se movimentando freneticamente, como se ele estivesse em transe. E tenho a certeza de que ele está vendo tudo o que acontece nesse porão através de Barbra! SIM! Minha filha está viva!

No rádio, a conversa que vem de dentro da casa continua.

— Me deixa sair com ela com um carro e assim que eu chegar na rodovia principal, eu deixo ela na estrada sem nenhum arranhão — propõe o sequestrador.

— Ok, o chefe disse que você pode usar uma das viaturas, mas se não entregar a menina sã e salva, a gente te encontra nem que seja no inferno e daí acabamos com você. Você entendeu, né? — o policial dá o ultimato para o bandido.

Com um ar de sarcasmo, o bandido diz:

— Pois não, chefia, você é quem manda, você é a lei!

Tão logo o bandido diz isso, num relance de olhar, vejo que a feição de McThorn, ainda em transe, se contrai. Terence consegue visualizar o que, só posso pensar agora, teria sido uma cena horrível. Concentrando-se o máximo possível, ele consegue ver o bandido estrangulando, amarrando o corpo com pedras pesadas e jogando a criança no fundo de um rio para que ninguém a encontre. Imediatamente, McThorn pega o celular do policial ferido, e o usa para falar com o sniper de que o sequestrador estaria blefando.

O policial, seguindo ordens pré-dadas de seu superior, joga a chave da viatura em direção ao peito do bandido, que por um segundo abaixa a arma que estava na direção da cabeça da menina, se distrai, e aquele mesmo atirador de elite que recebeu a mensagem, posicionado estrategicamente escondido atrás da escada que dava ao porão, com toda segurança e habilidade, atira e acerta o criminoso na cabeça. Ao menos, foi esta a cena que Terence relatou a todos que estavam dentro do carro.

Assim que ouvimos o tiro, e um silêncio seguido, ficamos apreensivos dentro do carro, afinal, será que tudo tinha chegado ao fim ou será que alguma criança ou policial teria sido atingido? Foi quando escutamos "Tudo limpo!", e tivemos a certeza de que as crianças estariam salvas!

E somente neste momento foi que todos nós saímos do carro correndo em direção a casa.

XIX

Corremos em direção à movimentação dos policiais, e o que vimos nos deixou horrorizados. Crianças presas em jaulas, num total de onze pequenos humanos em estado de desnutrição e em choque total com o que estava acontecendo. As condições mais insalubres, sem nenhuma janela para trocar o ar, nem banheiros, enfim, um cenário devastador para qualquer pessoa ver, quanto mais uma mãe. E eu me perguntava sem parar *"onde está Barbra?? Onde está*

Barbra??", até que, segurando a mão de um dos policiais, vejo essa menina, de cabelos loiros muito desgrenhados, mas com uma serenidade ao contar ao policial sua versão dos fatos, e paraliso. Apenas escuto os passos de Terence indo em direção a ela.

Enquanto o corpo do sequestrador estava sendo retirado do local, escuto essa voz, tão familiar e ao mesmo tempo tão diferente: "você deve ser o amigo da minha mãe que entrava em contato comigo, não é?"

— Meus Deus! Não posso acreditar que era justamente você que estava sendo usada como escudo humano! — Terence exclama, em total surpresa, mas aliviado por ter encontrado aquela que lhe deu a oportunidade de voltar a ajudar alguém.

— Sim, sou eu, a Barbra!

Os momentos que se seguem são como um sonho. Me vejo correndo em direção à minha filha, mas não sinto meus pés tocarem o chão. Procuro rapidamente meu marido com os olhos, tento chamar seu nome, mas as palavras não saem da minha boca. O mundo todo gira em câmera lenta, até eu conseguir chegar em frente àquele ser tão inocente, com uma força tão grande no olhar, que chega a me enfraquecer. Caio de joelhos à sua frente, chorando sem parar, tomo esse pequeno ser nos meus braços, e suas mãos pequeninas seguram meu rosto com a segurança de alguém que sabia exatamente o que iria acontecer. "Oi, mamãe!" Não consigo pronunciar sequer uma palavra só ao ouvir essa voz. A certeza de que esse dia iria chegar finalmente se concretiza.

Mas por alguns segundos, volto ao passado e lembro de tudo que nós passamos desde aquele dia no teatro. Oro. Meu Deus Pai, todo poderoso, nosso Senhor Jesus Cristo. Me ajoelhei e, abraçada em minha filha, peço a Thomas que se junte a nós para orarmos e agradecermos! Todo o sofrimento pelo que passamos agora não significa nada, pois agora temos a pessoinha mais preciosa nos nossos braços, segura e protegida! Lágrimas e lágrimas escorrem dos meus olhos sem parar, sinto Thomas abraçando a nós duas, ouço sua voz repetindo sem parar "Minha filhinha, você está viva!! Você está viva!!", e ao longe vejo Steve abraçando Terence fortemente, sem poder acreditar em tudo o que estava vendo. Terence, aquele que desde que Barbra foi levada, aparecia em meus sonhos, me dava a certeza de que iria me ajudar, aquele que sem pensar duas vezes, ao sentir Barbra viva quando tocou sua boneca, partiu junto conosco nessa busca, aquele que pode ser considerado um herói, sem querer se transformar em um. Aquele que, intimamente eu sabia, iria desaparecer assim que chegássemos em nossa casa. Mas isso seria depois. Por hora, tudo o que eu mais quis na vida estava ali, em meus braços.

Ficamos no porão somente alguns minutos, e fomos levados à parte de cima da casa para que todas as crianças pudessem ter atendimento médico. Estavam em choque, abaladas com tudo, a movimentação de pessoas era grande na residência, ouvimos ambulâncias chegando, e os médicos enfim puderam constatar o triste aspecto desses pequenos seres. Eram crianças entre dois 2 e 7 anos, os menores não conseguiam nem falar, pois ficaram presos como animais, sem receber estímulo necessário para que pudessem desenvolver suas falas. Meninos e meninas que viram seus pequenos mundos virarem em seus piores pesadelos ao serem arrancados da presença de seus pais. Não desgrudei de minha filha por um segundo, nem quando um dos médicos pediu para examiná-la. Fiquei ao seu lado, segurando seu braço, o tempo todo, como se aquilo tudo fosse um sonho e, ao deixá-la ir com o médico, a fosse perder novamente.

Steve acompanhava o resto da operação e me relatou, minutos depois, que os policiais encontraram um fichário com vários papéis de adoção falsos, prontos para serem preenchidos. Alguns estavam já com nomes de crianças e pais com nomes estrangeiros, o que o levou a acreditar que, das 11 crianças encontradas, ao menos 3 delas teriam um destino diferente já nos próximos dias. Felizmente, chegamos a tempo de evitar que estas crianças sofressem mais ainda!!

Após os exames preliminares constatarem que Barbra estava bem, a levamos ao hospital em nosso carro, para que ela pudesse receber o restante dos cuidados necessários até sua liberação para, enfim, podermos ir para casa, o que ocorreu após alguns dias.

O médico comentou que o importante agora é procurar por ajuda psicológica. Momentos traumatizantes aos quais Barbra fora submetida e as outras crianças, claro, sempre deixam sequelas.

E se a vítima não receber uma orientação adequada, ela

certamente crescerá com sérios traumas durante toda sua vida. E isso lhe perturbará física e emocionalmente por todos os seus dias.

Enquanto isso, usamos e abusamos da tecnologia para colocar Eddie, que aguardava ansioso junto com vovó Susan, todo o desfecho da história.

— Nunca tive dúvidas de que a nossa Barbra estava viva e que iria ser encontrada! Ah, essa minha intuição que nunca falhou! — suspira vovó Susan.

Barbra e Eddie não paravam de querer falar um com o outro a cada instante, tão grande o laço que os unia. Não sei ainda se tal laço pode ser visto como amor fraternal, afinal, criamos os dois com todo carinho e amor que pais conscientes podem dar, ou se a conexão que os unia ia além de forças que podemos entender.

Na delegacia, Steve acompanhava os depoimentos dos presos envolvidos nos sequestros, e nos informava dos progressos. Ficamos sabendo que o casal que vimos dentro da camionete em fuga era, na verdade, a cabeça de toda a operação aqui no Estados Unidos, seus nomes eram Sr. e Sra. Dupon, ou ao menos, esses eram os codinomes que eles usavam. Mas, segundo Steve, deveria haver outros bandidos envolvidos de algum outro país, pois, de acordo com o caseiro, toda semana o Sr. Dupon ligava para alguém e fazia uma espécie de relatório em outro idioma. Pelo sotaque, o caseiro suspeitou que fosse francês.

Mas as informações que ele passou a seguir nos fizeram prender a respiração por vários momentos. Segundo Steve, a cozinheira era uma da equipe que os acompanhava de cidade em cidade. Os outros envolvidos estavam com eles desde a formação da organização aqui nesse país. Em um dos depoimentos, Steve pôde ficar presente, e me contou do diálogo que teve com a cozinheira:

— Como a senhora conheceu essas pessoas? O que a fez trabalhar para eles mesmo sabendo que o ramo deles era de atrocidades?

— Infelizmente, a minha filha conheceu um dos sequestradores em um barzinho na nossa cidade e acabou se envolvendo com ele. Muitas foram as vezes que ele ia lá em casa. Parecia um bom moço. Eu percebia que ele gostava da minha filha. Ele a tratava com carinho e respeito. Minha filha nem sonhava que ele era o que era. Eu até simpatizava com ele.

— Continue.

— Uma certa noite, minha filha disse: "mãe, o meu namorado quer morar comigo, mas em outra cidade.

— Mas por que mudar daqui, filha?

— Ele não me falou, disse apenas que ele iria me contar tudo a respeito na hora certa".

— E o que ela contou?

— A única coisa que ela me falou foi que iria falar com o patrão que não iria mais trabalhar com ele porque iria se casar e morar longe daqui.

— Continue, por favor.

— Bem, no dia em que minha filha e esse moço estavam colocando a mala dela no carro para viajarem, passaram dois homens de moto e um deles disparou cinco tiros à queima roupa, atingindo o namorado dela no peito e na cabeça. Desesperada, ela se abaixou e tentou socorrê-lo, colocando sua cabeça no colo dela. Pediu ajuda, gritou por socorro. Disse ela que ele olhou em direção dela por um segundo e fechou seus olhos.

Quando ela encostou seu ouvido no peito dele, não havia mais batimentos cardíacos e nem respiração.

Sr. Dupon, preocupado com o que minha filha soubesse, pediu para dois de seus homens de confiança irem até a nossa casa.

— Foi horrível. Os capangas ficaram apontando suas armas na direção da minha filha e da minha mãe, exigindo que minha filha contasse o que ela sabia a respeito do capanga morto. Minha filha ficou horrorizada e falou que ele não sabia de nada. Nem onde ele morava.

Nessa hora, um dos capangas gritou com ela, mandou apenas responder o que ele perguntava:

— Ele falou onde ele trabalhava e com quem? Fale a verdade. Seu eu descobrir que você está mentindo eu volto aqui e jogo álcool em cima de sua mãe e vó e boto fogo para você assistir. Ouviu bem?! Você não tem ideia do que eu sou capaz de fazer. Ou melhor, acho deve ter que alguma ideia, sim.

Você viu muito bem o que aconteceu com seu namorado. Fui eu que disparei os tiros. Isso serve como um aviso. Quem está envolvido conosco não pode abandonar o barco levando segredos e informações super sigilosas. Isso é o que fazemos com todos os integrantes da nossa organização. Quem descumpre a regra, a gente apaga. Entendeu bem?

Com uma mistura de sentimento de intensa raiva e medo, minha pobre menina, em total desespero, diz:

— Sim, senhor.

— Fale mais alto!

— SIM, SENHOR!

— Responda então!

— A única coisa que ele comentou é que mexia com empreendedorismo.

— É? E que tipo de negócios ele tinha? E com quem?

— Senhor, ele nunca me falou, juro! Eu só sei isso. Foi tudo o que minha filha disse a eles, mas, mesmo assim, fui forçada a trabalhar com eles não apenas para garantir que minha filha não contasse nada que ela supostamente poderia saber a mais à polícia, como também para acompanhar a Sra. Dupon numa dieta rigorosa que ela precisava ter.

— Como assim? Dieta rigorosa?

— Sim. Ela não podia comer certos tipos de alimentos senão teria intoxicação e precisava ser levada às pressas pro hospital. Sou nutricionista formada, mas tive que me submeter a ser uma simples cozinheira em função de todo perigo que minha família vem sofrendo.

— Ter uma intoxicação alimentar e precisar ser internada por conta disso seria no mínimo irônico, já que o hospital era um dos locais preferidos para eles agirem, não?

— Isso é o senhor quem está dizendo, moço.

— Olha, dona, o Dr. Xavier aqui sabe muito bem que seus patrões entravam em hospitais para raptarem bebês recém-nascidos, só não consegue entender como eles conseguiam sair de lá sem levantar suspeita. Se a senhora colaborar, podemos pensar numa redução de sua condenação, por ter colaborado com a justiça.

Disse Steve que a cozinheira olhou para a mesa onde estava sendo questionada, ficou sem reação por alguns minutos, e finalmente resolveu aceitar a condição imposta por meu irmão. De acordo com o que contou a mulher, o casal dava entrada nos hospitais usando uma barriga falsa de gravidez para poder receber a pulseira de identificação e sair sem problemas do lugar carregando um recém-nascido nos braços mesmo antes de a mulher poder ser examinada.

Em outros momentos, a Sra. Dupon se passava por enfermeira de maternidades, atendente de creches, recreadora de festinhas infantis em escolas, cursos infantis de teatro, de pinturas, etc.

— E o Sr. Dupon?

— Ah, sim. Ele fingia ser médico, usava um jaleco branco como os dizeres Dr. Pullman e um estetoscópio no pescoço.

Várias vezes, depois de um sequestro bem-sucedido, quando já estavam em casa, eles festejavam.

Certa vez, ele se fantasiou de palhaço em um circo pra escolher a dedo uma criança que estivesse um pouco afastada de seus pais. Chegava perto dela, conversando como se fosse amigo, segurando um algodão doce que ofertava a ela. Soube um tempo depois que o doce tinha sonífero. Assim, era muito mais fácil tirar a criança dali sem que ela causasse escândalo nenhum e o seguisse até o furgão para o rapto.

— E por que você continuava trabalhando para pessoas tão cruéis? Deve ter conhecimento de que uma denúncia, anônima que fosse, poderia ter lhe tirado desse meio horrível. Há tantos empregos bons, rentáveis e honestos.

— Eles me obrigavam a ficar com eles, caso contrário, eles matariam minha única filha de dezenove anos que morava na minha casa com minha mãe e eles sabiam o endereço. Eu praticamente fui forçada a fazer parte dessa quadrinha, mas eu posso lhe garantir que eu NUNCA fiz mal a nenhuma criança, senhor. Tinha mesmo era muita, muita, muita pena delas por terem tido roubados os anos mais sagrados de uma criança: a sua infância, a sua liberdade de estar com seus familiares, de brincar com seus coleguinhas e estudar, e sempre me colocava no lugar de seus pais. Deus é testemunha como eu gostaria de poder entrar em contato com eles e dizer: pai, mãe, seu filho, sua filha está aqui. Sã e salva, venha buscá-lo!

— E você, claro, ficava sem saída, certo?

— Sim, doutor. O senhor não faz ideia das maldades que eles eram capazes.

— Além da maldade que já é de sequestrar uma criança tão ingênua?

— Sim, várias.

— Não quer me contar a respeito?

— Doutor delegado, como pode ver, estou colaborando.

E quero colaborar em tudo que eu puder. Eu não aguentava mais ficar lá naquela casa de horrores. Aquilo tava me destruindo. Foram várias as vezes que eu pensei em fugir, mas... e minha filha? E minha mãe? Como eu iria protegê-las? Por isso que eu me sacrificava...

— Por que a senhora não entrou em contato com a polícia? A gente poderia ter protegido tanto você como seus familiares e, ainda por cima, prenderíamos essa quadrinha maldita.

— Eles prometeram... ameaçaram... que se eu um dia fizesse isso, outros membros da organização, que eles não entraram em detalhes, iriam matá-las da maneira mais cruel. Eles tinham a foto e o endereço delas e sabiam onde minha filha trabalhava.

Ela toma fôlego, como se estivesse muito cansada de tudo o que tinha presenciado:

— Promete mesmo que minha pena será reduzida se eu abrir o jogo?

— Fale mais o que você sabe; tudo, por favor, não esconda nada que daí vou interceder junto ao juiz para que você receba a delação premiada. Ou seja, redução da sua pena.

— Obrigada, senhor delegado. Sei que mereço pagar por estar junto com eles, e o fato de eu nunca ter feito nada de mal para as crianças não justifica minha liberdade. Aliás, eu tinha muito dó delas. Cortava o meu coração, como eu disse antes. Quero cumprir minha pena reduzida como o Sr. está prometendo. Vou contar o que sei.

E ela continuou:

— Foram tantas crueldades, doutor. Como morava com eles, não teria como não acabar ouvindo e /ou vendo algumas coisas.

Certa noite, eu ouvi um dos sequestradores comentar algo muito tenebroso que me fez passar mal e cheguei até a vomitar.

— Continue — insistiu Steve.

— Naquela noite não consegui dormir e me perguntava: o que EU estou fazendo aqui, meu Deus?

— O que a senhora ouviu? Não fuja do assunto.

— Era umas 19 horas, eu estava na cozinha preparando a comida para as crianças quando chegaram três capangas e vieram pegar uma cerveja no freezer. O Sr. Dupon entrou na cozinha. Vou contar o que escutei. Ele disse:

— E daí? Como ficou a carga estragada?

— Tudo como o senhor mandou.

— Ele se aproximou dos bandidos e, sussurrando, continuou:

— Mesmo? Certeza de que não deixou nenhum vestígio? Não podemos nos arriscar, de jeito nenhum, entenderam?

— Sim, patrão.

— Vocês sabem muito bem o que acontece com quem não cumpre as minhas ordens, certo? É por isso que vocês ganham bem e não esqueçam que sabemos onde suas famílias moram. Jamais cometam deslizes comigo. Vocês queimaram as roupas?

— Sim.

— Mutilaram todo o corpo?

— Claro, senhor, como foi combinado. E distribuímos em covas bem fundas e longe uma da outra. Não tem como ninguém encontrar.

— Ótimo!

— E até colocamos mais cimento do que das outras vezes. Daí, fechamos as valas com muita terra e depois misturamos mato com cascalhos.

— Perfeito — disse Sr. Dupon."

— Sei que eu não devia nem prestar atenção na conversa deles, delegado, mas a minha curiosidade era maior, e meio que disfarçando em pegar uma panela, ou lavar um prato, ou ir à geladeira, consegui entender o que cochichavam.

— Meu Deus! Quanta perversidade, quanta crueldade! Que tipo de seres humanos são eles? — Steve fica sem ação, sua garganta seca em terror.

— O nome que eles usavam para as crianças era horrível, Doutor. Chamavam de 'lotes'. E fica pior: quando uma criança ficava doente e morria por não terem nenhuma assistência médica, eles comentavam: perdemos mais uma carga.

— Caramba! Tratavam as crianças como carga! E o que eles faziam com essas crianças?

— Eles escolhiam qual plano iriam realizar com a "carga que não era mais lucrativa".

— Plano? Que merda de plano você está falando? Seja mais específica, sem rodeios.

— Serei mais clara, senhor.

— Por favor, senhora. Esse seu depoimento será muito

relevante para o seu futuro e de sua família. Tudo está sendo gravado. Pense muito bem no que você vai relatar. Fale toda a verdade. Fale tudo que você sabe.

— Senhor, um dos capangas morto no tiroteio tinha um interesse muito grande em mim e me falava confidencialmente as barbáries, os sórdidos planos A ou B ou, às vezes, C.

— Continue...

— Eles não podiam deixar rastros, restos mortais dessas crianças, por isso o desaparecimento total do corpo do plano A era feito com soda cáustica.

— Soda cáustica?! Nossa! Que horror! Não consigo entender até que limite vai a maldade humana!

— O B era esquartejar esses pequenos e indefesos seres e enterrar as partes em covas fundas, concretadas com cimento, uma bem longe da outra para não levantar suspeitas.

O choque na sala de depoimentos foi geral. Quem ali estava não pode esconder sua indignação:

— Cruz credo!! Que animais! Que escória!!

— Coitadas dessas famílias que NUNCA mais verão seus queridos e amados filhos. Quanta atrocidade! Quanta desumanidade! — Steve mal se contém em sua revolta.

— E quanto ao tal plano C? — indaga o delegado.

— Esse eu acho que era o mais cruel de todos, doutor... Dá tristeza na alma só de pensar como eles podiam chegar nesse nível... ai, doutor, eu não consigo imaginar o que aqueles anjinhos fizeram pra merecer aquele castigo monstruoso. Jamais iria imaginar que alguém teria tanta crueldade na alma como esses animais travestidos de gente. Olha só, num final de tarde, quando eu estava servindo café pros capangas, eles estavam rindo do que tinham acabado de fazer. Eu só escutava o que eles diziam, doutor, nem abria minha boca de medo que fizessem alguma coisa ruim comigo também.

— Você está testando nossa paciência, mulher, fale logo!

— Doutor, eles usavam pneus.

— Usavam O QUÊ?!! Pneus!!!!?? Mulher de Deus!! O que você está

falando? Você só pode estar delirando, que loucura é essa?

— É sério, doutor. Não fique nervoso comigo não. Eu não iria inventar tudo isso. É a mais pura verdade! Eu quero mais é ajudar o senhor a prender esses desalmados e que eles nunca mais saiam da cadeia, que apodreçam lá!

Steve, que observava tudo sem comentar, mas sentindo uma enorme repulsa, viu que ela tomou fôlego, e então seguiu com sua narrativa:

— Esses capangas aí disseram assim, que eles tinham feito a maior pilha que já viram, usaram uns 6 pneus pra fazer fogo.

O delegado, escutando isso tudo meio incrédulo, e quase sem paciência com a demora para sua testemunha falar o que tanto queria ouvir, levantou da cadeira, foi até o canto da sala, respirou fundo umas três vezes para tentar se acalmar e prosseguir, afinal a mulher estava ali depondo em detalhes os horrores hediondos que eles precisavam tanto ouvir. Virou-se e disse a ela:

— Ok, e pra que eles fizeram esse fogo todo, afinal iriam usar os pneus incendiados para que?

— Eles chamam de micro-ondas, Doutor. Eu demorei pra entender o que eles queriam dizer com isso, mas de acordo com o que eles contavam, eu podia imaginar a cena. Um deles, o que mais me dava medo, disse que colocaram um pneu em cima do outro, uma pilha deles, sabe? Daí o outro capanga falou que o saco que ele tinha que tirar do carro não pesava quase nada, mas era um pouco maior que o último que ele tinha carregado. Eu entendi que o saco tinha uma criança dentro, porque o tanto de comida que eu separava pra eles levarem no porão diminuiu. O que só me levava a imaginar que uma delas tinha morrido.

No momento em que fala isso, a testemunha cai em choro convulsivo, obrigando o delegado a lhe estender lenços de papel para secar suas lágrimas. Em meio a soluços, a mulher continua sua descrição do terror que vivenciou:

— E então esse capanga que tinha que tirar o saco do carro, disse aos outros que levou a carga pra dentro de onde eles iriam colocar fogo. Ou seja, dentro da pilha de pneus, seu delegado. Eles iriam incendiar o corpo daquele pobre anjinho, como se fosse uma montanha de lixo. E assim foi, ele contou que colocou o saco com o corpo da criança dentro e logo depois aquele capanga que mais me dava medo disse que jogou querosene por todos os pneus, para pegar fogo bem rápido. Eles falaram até que tiveram que sair dali de perto, porque o calor e o cheiro tóxico que fazia ao redor eram insuportáveis. E ficaram assistindo à distância até o final, até o último pneu apagar, para ter certeza de que não iria sobrar nenhum resquício do que tinham feito ali. Era isso que eles chamavam de microondas. E, segundo eles, ninguém que passasse no local iria perguntar o porquê de queimar pneus, parece que nesses lugares mais afastados isso é meio comum de acontecer. Pelo menos, foi o que disseram.

— Olha, eu já vi muita barbaridade trabalhando como policial, detetive, e outros cargos dentro do departamento, mas essa máfia excedeu tudo que há de podridão com certos "seres humanos", que de humanos não têm nada. São verdadeiros animais!

Conta Steve que, segundo ela, nunca viu esses bebês recém-nascidos nas casas onde moravam, o que levou o Dr. Xavier a pensar que as adoções ilegais já estariam com seus contratos fechados, e a entrega do recém-nascido era feita logo após a saída do hospital.

O inquérito levou ainda alguns dias. Foram feitos retratos falados baseados nas descrições físicas que a cozinheira informou, mas os rostos eram muito comuns, passando facilmente despercebidos nas multidões, segundo o que disse o papiloscopista, e meu irmão seguia tudo bem de perto. Numa noite, em nossa casa, no jantar, ele nos contou:

— O casal que até então é conhecido e procurado como Sr. e Sra. Dupon pode ser definido como reis do disfarce. Eles usavam barrigas falsas, se passavam por recreadores infantis, inspetores de escolas, professores de cursos livres, de teatro, artes infantis, para poder ficar observando quais crianças seriam suas próximas vítimas.

Ele continuou:

— Após observarem os hábitos das famílias, eles premeditavam seus crimes, tais como foi o incêndio do teatro, e tantos outros crimes que até então não tinham sido solucionados.

— A escolha de Barbra foi algo aleatório, segundo a cozinheira. Eles tinham uma encomenda para entregar que teria que ter as descrições de Barbra, com a idade aproximada, e já que a peça a que iríamos assistir era infantil, o lugar estava propício para o crime. Arrumaram tudo com certa antecedência, se fazendo passar por membros da equipe de cenografia, e depois se misturaram na multidão, se passando por dois velhinhos. Assim podiam observar as crianças sem chamar a atenção, afinal, avós podiam levar os netos ao teatro, certo? Então quando estávamos entrando no local, eles também estavam na entrada, avistaram Barbra e se separaram. O Sr. Dupon foi para a frente do palco, enquanto a Sra. Dupon seguiu os passos de Eddie e Barbra. Assim que as pessoas gritaram que o teatro estava pegando fogo, ela agarrou Barbra no colo para tentar "salvá-la", encontrou seu marido na saída e correram com a criança no colo para o furgão que estava estacionado em uma rua paralela. A cozinheira só soube de toda a façanha porque eles chegaram muito felizes em casa, com o produto no furgão, dormindo. Disseram que tinham drogado a menina, contaram em detalhes tudo para ela, não sem antes ameaçarem mais uma vez a família da pobre cozinheira. Segundo ela, eles contaram tudo apenas para que ela entendesse o quanto eles podiam fazer de mal para sua família. Afinal, tinham tirado aquela encomenda bem debaixo dos olhos dos próprios pais. E se podiam fazer aquilo, podiam fazer muito pior com a filha dela. Nessa hora, eu fiquei sensibilizado com o sofrimento que essa cozinheira teve que passar por tantos anos, minha família. Confesso que tive vontade de sair da sala de interrogatórios, mas tive que ser muito frio e continuar ali.

Todos nos olhamos com muita tristeza na alma, porquanto não sabíamos o que leva uma pessoa, o que dirá duas, a fazer tantas perversidades com seres tão inocentes. Ficamos aliviados pelas crianças resgatadas, seus pais já haviam sido contactados e todas elas poderiam em um curto período de tempo, voltar a seus lares.

Terence ouvia a tudo sem comentar nada, apenas observando nossas reações diante dos fatos que Steve trazia à mesa. Foi quando, sem nenhum tipo de aviso, levantou-se, olhou para todos nós, com uma sombra de tristeza no olhar, e disse:

— Passei pouco tempo com vocês, mas receio que minha presença aqui não será mais necessária por hora. É tempo de eu desaparecer novamente, antes que a mídia venha bater aqui à sua porta e me descubra. Laura, Thomas, Steve, fico muito feliz por poder ter tido a oportunidade de reunir sua família novamente. Será que eu poderia me despedir das crianças? — pergunta.

— Puxa, Terence, ficamos triste em saber que você quer ir embora. Já o consideramos parte de nossa família, por tudo o que nos ajudou, pelo que passamos, e por ter confiado sua história a nós. Mas também entendemos o que quer, e respeitamos isso. Claro, pode subir, as crianças estão lá em cima.

Terence sobe as escadas, ouço a alegria dos pequenos ao vê-lo, escuto algumas frases de despedida, sons de beijos estalados nas bochechas, Eddie dizendo "Terence, você é meu herói pra sempre!", Barbra complementa a frase de seu irmão: "Tio Terence, muito obrigada por ajudar a me localizar. Você já faz parte da nossa família", o que me soou tão carinhoso. Consigo ouvir a reação emocionada de Terence agradecer aos pequenos, pois o som de sua voz estava embargado. E foi seguido de um silêncio repentino. Preocupada, subo as escadas, e vejo Barbra cochichando no ouvido de Terence. Este olha para ela, ainda com lágrimas nos olhos, balança sua cabeça afirmativamente, e cochicha algo de volta. Eddie apenas observa o movimento, muito compenetrado. Aproximo-me do trio, e é quando escuto da boca de minha pequena filha: "só eu posso". Um arrepio me corre por toda a espinha.

Antes de se despedir, Terence enfatiza: "Eu nunca comentei nada com vocês para preservá-los e não levantar mais questionamentos ou teorias, mas, durante um momento de minha vida, trabalhei como consultor da polícia e pude aprender muito com seus métodos de investigação. Além disso, também tive a oportunidade de desenvolver outras habilidades que nem mesmo sabia que tinha. Depois de um tempo, decidi me afastar e seguir uma carreira solitária, longe das câmeras dos jornalistas e estresse das investigações. Estar durante esse tempo com vocês ajudou a resgatar lembranças já esquecidas e sensações que pensei que não sentiria novamente. Encontrei velhos conhecidos, senti meu coração bater mais forte e, não sei ao certo como dizer isso, mas, acredito ter encontrado uma família na qual me sinto acolhido... uma família que, agora, também considero um pouco parte da minha. Não sei se voltarei a trabalhar com a polícia um dia, não quero ter nenhuma visão sobre o que o futuro me reserva, mas seja qual for a história que viverei daqui para frente, sinto que vocês fazem parte dela e que nos encontraremos novamente. Ah, agora que mencionei tudo isso e comentei sobre velhos conhecidos na polícia... Após a repercussão do caso e toda a atenção da mídia com a cobertura das investigações e de nossas vidas, um amigo dessas aventuras do passado concordou que seria melhor que eu ficasse longe dos holofotes e sumisse por um tempo, pelo menos até a poeira baixar um pouco. Prepararam novos documentos, um disfarce e tudo mais que preciso para viver com uma nova identidade, pelo menos por um tempo. Só quero dizer que, independentemente de minha aparência e do rumo que minha vida tomar de agora em diante, serei sempre esse mesmo Terence, o homem do farol, o amigo com o qual vocês podem sempre contar. Bem, não quero me alongar muito e deixá-los confusos ou preocupados com tudo que está acontecendo. Se pudesse resumir tudo que estou pensando, sentindo e querendo dizer a vocês, fecharia essa mensagem com: Obrigado! Obrigado por tudo! Eu amo vocês."

"Caso a polícia queira saber mais detalhes ao meu respeito, digam apenas que vocês me conheceram casualmente numa lanchonete e que eu, ao ouvir algo sobre o desaparecimento de sua filha, me ofereci para ajudá-los. E que eu me identifiquei como Bill.

Ah, e que vocês têm meu número de celular, mas viram que é um modelo descartável. Eu tenho o endereço de vocês e podem ter certeza de que um dia eu entrarei em contato", prometeu Terence, que finalizou:

— Vocês são pessoas maravilhosas!

— E você, Terence, vai estar sempre em nossos corações! — retribuo.

— Amamos você, Tio Terence — dizem simultaneamente Barbra e Eddie.

XX

Terence se vai. A família insiste em levá-lo de volta ao farol, mas ele prefere ir sozinho. Então o levamos até a rodoviária, ele pega um ônibus e dois pares de mãozinhas acenam adeus sem parar. Lágrimas escorrem de meus olhos, afinal, se não fosse por ele, como poderia ter minha família unida novamente? Sou e serei eternamente grata, e torço muito para poder reencontrá-lo em uma situação muito diferente desta por que passamos juntos em um futuro próximo.

Voltamos para casa, mas no meio do caminho optamos por visitar a vovó Susan, Barbra não para de pedir para ela o famoso bolo de chocolate de que gosta tanto. Ligamos e avisamos que estamos a caminho, o que a deixa muito feliz. Nem nos importamos de não termos bagagem conosco, agora resolvemos que quando não planejamos as coisas, elas acabam sendo muito mais emocionantes. Pararemos e compraremos o que for necessário no meio do caminho. Mal acabo de formar meu pensamento, Barbra pede para comprarmos algo porque está com fome e Eddie quer ir ao banheiro. Por sorte, há uma loja de conveniências junto a um posto de combustível, e paramos ali.

Ao abrir o porta-luvas para pegar a carteira de meu marido, encontrei uma carta deixada por Terence.

Tomada por surpresa e curiosidade, logo a abri e li em voz alta para a família:

"Minha querida amiga Laura, quando fui atingido pelo raio há alguns anos, acreditei que nenhuma outra experiência ou evento poderia me fazer sentir aquela sensação novamente. Quando meu corpo foi tomado pela descarga elétrica, senti meu espírito saindo, minha história recebendo seus últimos versos nesse plano para que minha alma pudesse voltar ao seu lar de origem. Quando minha família se foi, um segundo raio caiu sobre mim. Esse, muito mais poderoso e avassalador, consumiu-me completamente, sem chance alguma de recuperação.

Confesso que, a partir de então, não consegui mais ver

ou entender a razão de minha permanência nesse mundo. Eu queria correr, saltar, voar para perto de meu filho e esposa e esquecer de todo o sofrimento e angústia que encontramos por aqui. Trocaria, sem pensar duas vezes, todo o meu poder e tudo que tenho para poder abraçá-los mais uma vez. Quando vocês me encontraram no farol, eu já não sabia se iria dormir e acordar no dia seguinte, já não tinha mais vontade de me levantar para viver um novo dia. Mas, como o pequeno Eddie nos disse, 'Nunca encontramos alguém por acaso'. Aos poucos, essa frase começou a fazer cada vez mais sentido para mim.

Estar em contato com a sua família durante todo esse tempo trouxe-me uma dose de esperança e um novo significado à minha vida. Agora eu entendo a minha missão no tempo que me resta por aqui, hoje eu consigo ver meu propósito de trazer um pouco de luz para a escuridão na qual tantos têm vivido. Que eu possa fazer por outros o que vocês fizeram por mim, e que nossos caminhos se encontrem novamente, num futuro próximo, seja aonde for.

Seja qual for a situação que estiverem enfrentando, águas calmas ou tempestuosas, olhem para o horizonte, procurem pela luz. Independentemente de onde estiverem, a luz do farol sempre estará lá para guiar e ajudar vocês.

Do seu amigo de sempre, Terence."

Logo após a leitura da carta, não conseguíamos pensar em nada além da emoção que tocou a todos. Barbra esqueceu sua fome, Eddie deixou a urgência do banheiro para lá, Thomas entrelaçou sua mão na minha, e nós quatro, nossa família, estávamos transbordando uma sensação de ciclo finalizado, cada um interpretando suas emoções de maneiras pessoais, mas todos com um novo brilho no olhar, nos dando uma nova dose de ânimo para chegarmos até a casa daquela senhorinha que nos aguardava ansiosamente.

Ela nos recebe com a alegria de sempre, abraça os netos como somente as avós conseguem, os pequenos retribuem enchendo o rosto de minha mãe de beijinhos, e saem correndo para dentro da casa, apostando quem vai comer o primeiro pedaço de bolo.

Todos rimos da energia boa que as crianças trazem à nossa vida, e também entramos para comer algo gostoso. Após estarmos satisfeitos, Barbra se senta no colo da vovó, e começa a cochichar coisas para minha mãe. Boa vó que é, e tendo um laço emocional muito forte com minha filha, mamãe e Barbra contam seus segredos uma para outra, até que mamãe, após ouvir algo que Barbra disse, parou de gracejos. Olhou para nós dois, Thomas e eu, absolutamente séria e com, o que me pareceu, medo no olhar.

Isso me assusta e chamo minha mãe de lado. O que ela me diz faz com que eu congele minha respiração. Ela olha no fundo de meus olhos e conta: "Barbra sonhou novamente. Com o casal. Eles estão por perto. Nada acabou. Cuidado."

XXI

Algumas semanas se passaram, a rotina pareceu tomar conta da família novamente. Thomas recebeu um convite para uma palestra muito importante sobre obras recém-descobertas oriundas de um contrabando, e não pôde recusar o convite. O que foi muito bom, já que precisávamos mesmo voltar à nossa rotina. Decidimos que era hora de a vida recomeçar. Assim, nos despedimos por hora de Vovó Susan e de Steve, prometendo voltar assim que tivéssemos um pouco mais de organização na nossa vida profissional, afinal, eu também havia largado o hospital para poder me dedicar totalmente à procura de minha filha. Mas, agora, com tudo resolvido, voltamos a Lakeview County.

Uns dias depois de chegarmos, levei as crianças de volta à escola, o diretor e o coordenador pedagógico foram muito condescendentes e pediram para que as crianças fizessem um teste para verificar a capacidade de continuar estudando suas respectivas séries.

Eu sabia que Eddie não teria dificuldades, sempre foi dedicado e com o raciocínio muito rápido, foram alguns meses sem aulas, mas seu resultado comprovou que ele poderia continuar tendo aulas normalmente na mesma turma em que já estava. No entanto, me preocupava muito com Barbra. Ela havia deixado a escola há dois anos, viveu sob condições sub-humanas e isso poderia ter afetado a parte cognitiva para que conseguisse seguir na turma que lhe era correta por sua idade.

Antes que o resultado de seu teste saísse, resolvi levá-la para um lanche em um de seus restaurantes favoritos. Eddie tinha pedido para ficar na escola e fazer atividades extracurriculares após a aula, então era somente uma tarde de mãe e filha. Aproveitei para conversar sobre tudo com a pequena, que me surpreendia mais e mais a cada dia que passava. Não foi diferente naquele dia.

— Mamãe, estamos aqui comendo esse sanduiche muito bom, mas pergunte o que quer saber — disse minha menina. Isso me assustou, como é que ela poderia saber que eu tinha tantas dúvidas e questionamentos para fazer? Por um muito breve momento, esqueci que minha filha tinha certos poderes, e a leitura mental deveria ser somente mais um deles. Mas eu não podia mensurar até onde eles iam.

— Barbra, filha, eu não queria deixá-la chateada com essas perguntas, mas a mamãe realmente precisa saber... tudo bem pra você?

— Sim, mamãe. Eu sei o que você quer perguntar, mas prefiro que você faça todas as perguntas.

— Nossa, sua maturidade me espanta, de um jeito bom, claro, mas ainda assim é incrível que você tenha apenas cinco anos e saiba de tanta coisa! Bom, vamos lá, a mamãe gostaria de saber se você está tranquila em retornar à escola.

— Estou, vai ser muito bom poder ficar com meus amiguinhos de novo!

— Que bom, querida, fico feliz com isso! Mas, e se você não conseguir passar no teste? E se tiver que ficar numa série mais nova que a sua?

— Mãe, tem uma coisa muito importante que eu não contei pra ninguém ainda. Sabe, eu fiquei muito tempo com aquele casal, não fiquei? Mas você nunca perguntou do porquê eu não ter sido levada para outra família?

Nesse momento, gelei por dentro. Realmente, isso não tinha me ocorrido, mas agora fazia todo sentido. Se as crianças eram encomendadas por outros casais, por que minha filha foi tirada de nossa família, mas não foi para outra? Pensando sobre isso, nesse momento, o fato de ela não ter sido enviada para outra família não tinha a menor coerência, então olho para ela com uma ansiedade gigante pela resposta.

— Desde que eu fui levada — continua ela — eu estava tentando falar com você pelos meus pensamentos. Mas acho que usei muita força da mente uma noite, acho que uns três dias depois que me pegaram, e acabei deixando um copo, que estava em cima de uma mesa perto de onde os capangas comiam, cair. Não percebi na hora, mas lembra que o porão tinha muitas câmaras para observar a gente? Então, o Sr. Dupon estava na sala de operações e viu o copo cair sem que ninguém mexesse nele.

Eu ouvia tudo sem sequer respirar direito, mal piscava enquanto ela continuou a história:

— Dessa noite em diante, eu sentia que ele ficava me observando mais, prestando muito mais atenção no que eu fazia. Me lembro o dia que só tinha eu de criança no porão.

— E daí? O que houve?

— Quando o tanto de crianças diminuiu bastante, e eu estava praticamente sozinha, ele foi até mim e me obrigou a fazer uma xícara se mexer. Eu tive muito medo, ele era um homem muito mau, então fiz o que ele mandou.

Barbra continua sua história, e eu sinto que minhas pernas estão tremendo embaixo da mesa.

— No começo, mesmo me concentrando, eu não consegui fazer a xícara se mexer de tanto medo que eu estava. Foi então que ele olhou bem no fundo dos meus olhos, e aquele jeito dele olhar me deixou com muito, muito medo. Ele olhou para mim e, muito brabo, disse o seguinte:

— Você vai fazer essa xícara se mexer, viu, garotinha? Eu já vi você fazer isso e tenho todo o dia para você! — ele gritou comigo.

Assim que a xícara se mexeu, ele deu um berro para que sua esposa descesse no porão. Ela chegou lá, ele contou a ela e foi então que ela disse: "Essa menina não vai pra casa alguma. Esse troféu é nosso, vai nos fazer ganhar muito dinheiro". Mas você lembra, mamãe, eu tinha só três anos quando eles me levaram, certo? Então eu não sabia ler direito, nem escrever.

— Eles colocaram um homem pra me ensinar, eu tinha aulas no porão mesmo. Nunca me tiraram de lá, mas esse homem descia lá e levava papel e lápis para eu escrever. E foi assim que eu aprendi a ler melhor, e a escrever também. Foi graças a isso que consegui enviar a mensagem no espelho para você.

Minhas mãos estão geladas. Sinto minha boca seca, a vontade que tenho é de chorar de tristeza, mas não posso transparecer isso para Barbra. Ela está me dando uma lição de coragem, em seus cinco anos de vida, não posso simplesmente desabar emocionalmente na frente dela. Ela jamais mereceria isso. Pego o rosto delicado da minha filha entre minhas mãos, beijo suas bochechas, quero poder tirar toda a dor desse tempo de clausura que ela sofreu de dentro dela, como se houvesse um aspirador para remover o sofrimento alheio, mas o que consigo é balbuciar algo como "Filha, você é meu maior orgulho!"

Não tenho certeza de que essas são as palavras exatas,

tudo naquele momento fica um pouco embaçado, percebo que estou a ponto de perder os sentidos. Tomo um gole de refrigerante para ver se melhoro, ela pega nos meus cabelos, me faz um carinho, e diz, com a mais pura calma:
— Acho que o resultado do meu teste acabou de sair.

Em menos de dois minutos, recebo uma ligação da escola.

XXII

Levei o que Barbra me contou para o detetive Xavier, que continuava tomando os depoimentos dos suspeitos, no dia seguinte. Se houve alguém que ensinou minha filha a ler e escrever, essa pessoa também seria cúmplice, portanto, teria que ser levada à prisão também. O detetive pediu para que eu conversasse com mais calma com ela, para poder ver se ela conseguiria fazer um retrato falado daquele que foi seu "professor" no cativeiro. Então, quando fui à tarde para a escola buscar os dois e voltar para casa, planejei fazer uma brincadeira com ela. Quando chegamos, fui até o pequeno armário que temos embaixo da escada e peguei um jogo de tabuleiro um pouco antigo, que usava com as crianças quando elas eram muito pequenas. Nesse jogo, temos que dar as características físicas das figuras à nossa frente para que o outro jogado consiga eliminar a figura do jogo. E como precisava fazer Barbra me dar as descrições que ela conseguisse lembrar do homem que lhe ensinou a escrever, era perfeito.

Na primeira rodada, jogamos nós três sem ter problemas nenhum. Apenas para nossa diversão. Na segunda rodada, eu deixei Eddie e Barbra jogarem, enquanto isso pensava numa forma de fazer Barbra falar as características do homem. Então, quase que por milagre, Eddie, do nada, sugere que eles digam apenas as descrições dos bandidos no caso de Barbra. Com a maior simplicidade, ele diz à irmã:

— Barb, eu queria poder ver como eram os homens que te deixavam presa. Mas não posso nem imaginar. Você não quer brincar de contar como eles eram nesse jogo aqui?

Quase beijei meu filho dos pés à cabeça, pois era exatamente do que eu precisava! Mas, lembrei, Eddie também tem sua cota de poderes, e, pelo jeito, estava começando a mostrar a todos quais eram.

Barbra dá uma piscadinha para o irmão, e sem receio nenhum, começa a brincar com ele dando todas as pistas de que eu precisava. Anoto tudo numa folha separada para entregar ao delegado Xavier no dia seguinte.

Na manhã seguinte, depois de deixar as crianças na escola, vou o mais rápido que posso à delegacia. Baseado nos dados que Barbra falou durante o jogo, o Delegado Xavier chama o papiloscopista para fazer o retrato falado do homem que provavelmente também faz parte da quadrilha. Após alguns minutos, os traços começam a fazer forma, o tipo do cabelo, o desenho do queixo, o formato dos olhos, enfim... Barbra foi muito específica em seu "jogo" com o irmão, e nos forneceu detalhes importantes da descrição do sujeito.

Algumas horas depois, o retrato fica pronto. Peço para ver, e encontro um homem de pele branca, sobrancelhas marcantes, cabelo escuro, liso, olhos de cor de mel com formato um pouco amendoados, com uma característica bem peculiar: uma das pupilas tinha uma mancha branca, segundo os detalhes de minha filha. Além disso, bochechas salientes, um queixo bem proeminente, com um furinho no centro, lábios finos e bigode longo, que, segundo ela, ele ficava enrolando as pontas com os dedos enquanto ela fazia os exercícios. Não era, à primeira vista, uma pessoa atraente, muito pelo contrário. Pensei comigo na hora que, se por acaso encontrasse essa figura na rua, teria um pouco de medo de seu rosto magro.

Com o retrato em mãos, o delegado pediu para os oficiais correrem a imagem no banco de dados para ver se haveria qualquer tipo de combinação dentre os criminosos fichados. Bingo! Não demorou mais que quinze minutos para que os traços serem identificados.

O "professor" de minha filha tinha ficha extensa na polícia por roubo, receptação de mercadorias, tráfico de entorpecentes, e estelionato. O curioso é que ele não era nativo do meu país, tinha sido trazido para cá quase um adolescente. Seu sobrenome lembrava muito alguém com descendência francesa, chamava-se Jayme LeSourdene. Na polícia, o nome em sua ficha era James, provavelmente ele se apresentava de tal maneira pela facilidade em pronúncia do nome.

Jayme, ou James, havia fugido da última vez que foi pego, e estava desaparecido dos radares policiais por aproximadamente quatro anos. Imediatamente após sua identificação, foi emitido um alerta nos sites de pessoas procuradas e também nos rádios policiais, seu retrato foi enviado para as centrais, que repassaram a seus oficiais as informações.

Mais tranquila por tudo estar sendo conduzido a fim de acabar com a quadrilha, voltei para minha casa, peguei minha credencial e me dirigi ao hospital, pois já haviam ligado para mim a fim de saber se eu retornaria ao trabalho logo ou não.

XXIII

Alguns meses se passaram sem muita novidade, o que para nós, diante de tanta coisa acontecida antes, foi um alívio. Eddie e Barbra estavam se dando muito bem na escola, ele já mostrava sinais de que teria muito sucesso no esporte, tal qual seu tio, mesmo voltando sempre à tecla de que se tornaria um engenheiro que projetaria prédios para as pessoas se sentirem a salvo dentro deles. Barbra se enturmou novamente, os coleguinhas ficaram extasiados em revê-la, e quase toda semana queriam passar mais tempo além da escola com ela. Então fazíamos acantonamento na nossa casa, as mães adoraram a sugestão e todo final de semana era uma festa diferente. Tivemos a ideia de deixar uma criança por vez escolher o tema do acantonamento, então tivemos a noite da Barbie, claro, e também do Nintendo, da menina que era fada, da fashionista, do Hot Wheels, do vídeo game, enfim, todos os tipos de brinquedos mais adorados por crianças daquela faixa etária. Cada um deles trazia seu brinquedo favorito e passavam horas e horas se divertindo juntos. Eddie não se importou com a bagunça, na verdade, ajudava a organizar a hora do jantar e também auxiliava aqueles que precisavam de ajuda na hora de dormir. Meus filhos estavam se tornando cada vez mais prestativos, pode parecer um pouco de arrogância falar isso, mas eles eram queridos por todos que cruzavam com seus caminhos.

Em uma das semanas em que precisei trocar de turnos com uma colega do hospital, fiquei responsável pelo setor de pronto atendimento, e talvez eu tenha tido a mais bizarra das experiências. E não num sentido curioso da palavra.

O que vou relatar agora aconteceu num início de noite de uma terça-feira. Thomas ficou em casa com as crianças, era o combinado entre nós para evitarmos pegar babás. Difícil confiar em alguém depois de tanta coisa que aconteceu, então optamos por sacrificar um pouco nossa agenda para ficarmos com eles em casa. Estávamos tomando um lanche reforçado antes de eu ir para o hospital, como sempre fazíamos, preparei sanduíches e sucos para todos, mas mesmo assim as crianças pediram para comer cereal.

— Papai, pode pegar aquele cereal que tem letrinhas e números pra gente brincar antes de colocar o leite?", já era tradição da família brincar com as letrinhas no pote de cereal, mas as crianças nunca tinham pedido para fazer isso sem o leite. Achei estranho, pois o pedido partiu dos dois ao mesmo tempo. Barbra olhou para Eddie de canto de olho, e deu uma piscadela para o irmão. Pensei comigo "hmmm, esses dois estão aprontando..." mas, antes que eu pudesse perguntar algo a eles, Thomas já espalhou praticamente a caixa toda de cereal na mesa.

— Olha só essa bagunça, hein? Quero ver tudo isso limpo antes de eu sair de casa! – a dona de casa dentro de mim falou a eles, claro.

— Não se preocupe, mãe, o que a gente não comer, a gente guarda — falam os dois, ao mesmo tempo novamente, rindo.

Pois bem, Thomas resolveu que iria entrar na brincadeira e pediu para eles que "escrevessem" algo que ele tentaria adivinhar a frase. Não sei por que, meus sentidos de alerta ficaram absurdamente fortes quando soube qual a brincadeira da noite, e me vi tensa, observando eles brincarem.

— Tá, Barbs, agora você escreve algo pra mim — Eddie pediu.

E foi atendido. Depois de descobrir a frase, passou a vez para o pai. E assim foi, até chegar na vez de Barbra novamente. Ela pegou as letrinhas que queria, olhou para mim, concentrou-se e "escreveu". Disse:

— Agora você, mamãe.

Minha função era tentar fazer com que aquelas letras parecessem algo lógico. Demorei um pouco para perceber o que se formava na minha frente, e quando consegui visualizar, fiquei tremendo.

Olhei para Barbra, ela simplesmente pediu: — Por favor!

Na minha frente, uma coleção colorida e açucarada mostrava *"Cuidado com ele"*.

XXIV

Mesmo sem entender quando, nem quem, ou onde aquela frase se aplicaria, fui para o hospital, meu turno iniciaria em breve. Foi uma noite movimentada, vários acidentes, brigas de bar, comas alcoólicos, uma onda de violência que há algum tempo eu não presenciava no pronto-socorro. A noite passou rápido em função disso, tanto que a equipe quase não se deu conta de que já estava quase amanhecendo.

Perto do final do plantão, quando estava no quarto

de descanso, recebo mais um chamado, coloco meu jaleco novamente e me encaminho até uma das salas de atendimento. Entro e vejo uma mulher bem machucada, com cortes nos braços, arranhões pelo corpo, suas roupas estavam muito sujas e rasgadas, como se tivesse sido jogada de um veículo em movimento. Após os cuidados iniciais, de limpeza e curativos feitos pela enfermagem, chego perto da paciente para poder entender o que tinha acontecido e tomar as medidas necessárias, caso tenha sido uma tentativa de homicídio. Foi então que pude ver marcas antigas de maus tratos, hematomas em vários locais de seu corpo, e um corte muito feio em seu lábio. Parecia ser vítima de violência doméstica, mas precisava ter certeza disso antes de acionar os órgãos responsáveis para sua segurança.

— Olá, sou a Dra. Woodson, sou encarregada de seus cuidados. Como é seu nome?

Silêncio. Nem ao menos uma olhada para mim.

— Entendo que esteja com traumas, e talvez com medo. Estou aqui para ajudá-la, não quer me dizer seu nome?

Nada.

— Certo. Então preciso que entenda que chamarei a polícia para fazerem um boletim de ocorrência do hospital, isso é feito a cada entrada de vítima de maus-tratos. Você entende o que eu digo?

Ela então olhou para mim, ainda sem dizer nada. Nem um movimento da cabeça.

— Ok. Se não tem nada a dizer, entendo que concorda com o procedimento. Vou chamar a enfermeira para que ela ligue para a polícia.

— *Non*, a polícia *non!* — murmura a paciente. Seu sotaque tem um leve afrancesado, mas não dá para saber se é uma imigrante.

— Desculpe, mas é necessário. Por que não chamar a polícia?

— Ele *non* poder saber onde estou.

— Seu marido?

— *Oui.*

— Mas precisamos ligar para alguém, senhora. Há alguém responsável que possa vir em seu auxílio?

Ela para um pouco para pensar.

— *Oui. Un téléphone, s'il vou plaîs?*

Deixo a paciente em privado para que ela faça a ligação, mas por razões que não sei explicar, permaneci à porta no corredor, mesmo fazendo meus relatórios. E é quando, sem ter a intenção, escuto a paciente numa ansiedade muito grande dizer ao telefone, repetidamente, *"Le infant! Le infant!"* Isso me preocupa um pouco, será que ela tem um filho em perigo também? Meu instinto materno se colocou em alerta, me fazendo recordar de tudo pelo que passei com Barbra. Penso em entrar novamente no quarto, mas outra emergência chega e tenho que sair dali. Assim que o novo internamento é feito, organizo as direções para a próxima equipe a entrar no pronto-atendimento, e me dirijo à sala de descanso, mas desta vez para trocar de roupas e voltar para casa. Talvez uns 25 minutos depois, quando já estava na porta do hospital, em direção ao estacionamento, vejo, saindo de uma camionete e se dirigindo à recepção do hospital, um sujeito muito suspeito, com um boné cobrindo seu rosto, e, mesmo à distância, pude sentir sua energia pesada chegando até mim.

Não sei ao certo o que se passou comigo. Meu senso médico diz sempre para manter a calma frente a diversas situações. Mas aquela não era uma situação que nos ensinam na escola de medicina. Meu instinto falou mais alto e decidi por registrar o que estava acontecendo. Peguei meu celular e tirei várias fotos dessa pessoa que me pareceu muito suspeita. Ele, olhando por baixo da aba do boné para todos os lados, como se estivesse sentindo que estava sendo observado, virou sua cabeça em direção ao estacionamento, exatamente para onde eu me protegia entre os carros.

O que eu poderia pensar? O que eu poderia fazer? Gritar? Mas gritar para quem, quem poderia me socorrer ali? E ele não estava causando nenhum tipo de mal a ninguém, estava calmamente entrando no meu local de trabalho, como se aquilo fosse algo corriqueiro para ele!

Prontamente, segui minha intuição de defesa e fiquei estática, esperando até que ele saísse do hospital.

Durante o tempo que estive à espera do retorno dele ao carro, abri as imagens para estudar as fotos. Dou um zoom e meus olhos não querem acreditar no detalhe de uma das imagens.

Um olho tatuado no pescoço e em outras, exatamente como foi feito o retrato falado do "professor" da nossa filhinha no cativeiro; incrível! Os mesmos traços do queixo saliente, o furinho no centro, lábios finos, bigode longo e até mesmo a mancha branca em uma das pupilas.

Meus Deus! Jayme! Ele mesmo!

Imediatamente, enviei as fotos desse ser deplorável e retratei a mulher machucada para o delegado Xavier.

— O homem das imagens, é de fato, Jayme, e a mulher agredida, pelas suas descrições, deve ser sua irmã, Josephine, casada com um dos integrantes mais violentos da quadrinha, que vinha sido monitorado a algum tempo, mas que acabou saindo dos radares da policia. Provavelmente mudou sua identidade. Ele se chama Mark Dupont, um homem muito perigoso e violento!

Pelos informações que temos, toda vez que as suas parceiras não fazem o que ela manda, ele as espanca brutalmente. Relata o homem da lei.

Aproximadamente vinte minutos depois, mas que para mim pareceram três horas, vejo aquela vítima de maus-tratos que atendi saindo do hospital.

E, perplexa, olho quem é seu acompanhante!

Sim! Ele.... Jayme, com um embrulho em seus braços.

Trêmula, pego o celular, tento ao máximo tirar fotos para provar primeiro que não estou delirando, e, para ter algo a mostrar para a polícia.

Me confundo como os botões do aparelho, e acabo filmando tudo. Quando percebo meu erro, penso que uma filmagem é ainda melhor, pois dá mais legitimidade ao que possa estar acontecendo.

Eu os vejo entrando na camionete, o "energia ruim" acariciando o rosto da paciente, e carinhosamente beijando sua testa.

Ele liga o carro, engata a ré, mas no momento que está movimentando o veículo, eu me descuido e, talvez por não acreditar no que via, me levanto ainda com o celular na mão, momento este que ele me vê pelo espelho retrovisor do carro.

Faz toda a baliza, no estacionamento e passa quase ao lado de onde estou, paralisada, ainda com o celular na mão. E então vejo "o tatuado" cruzando, como se fosse uma cena em câmara lenta, olhares comigo.

Frio na espinha.

SOBRE O AUTOR

Floriano Guerios

é autor de várias coleções de livros didáticos pelas Editoras Saraiva e Positivo.

Natural de Porto União-SC, formou-se em Letras Inglês-Português pela PUC-PR e em seguida ingressou no curso de Pós-graduação na UFPR. Ele obteve o Certificado TOEFL em Melbourne, USA.

Atualmente mora em Curitiba, dá aulas de Inglês no Curso Positivo há 38 anos e divide seu tempo como escritor e palestrante.

SOBRE O AUTOR

Bia Motta

nasceu em Curitiba-PR, e já morou em várias cidades no Brasil e no exterior. Formada pela UFPR em Letras Português-Inglês, é também Especialista no Ensino de Língua Estrangeira Moderna pela UTFPR.

"PERVERSIDADE" é seu livro de estreia, abrindo a porta para seu lado escritora.

SOBRE O AUTOR

Bia Motta

nasceu em Curitiba-PR, e já morou em várias cidades no Brasil e no exterior. Formada pela UFPR em Letras Português-Inglês, é também Especialista no Ensino de Língua Estrangeira Moderna pela UTFPR.

"PERVERSIDADE" é seu livro de estreia, abrindo a porta para seu lado escritora.

SOBRE O AUTOR

Lucas Zavarelli

é um ator e escritor brasileiro, natural de Rio Claro, cidade do interior do estado de São Paulo.
  Formado em Teatro pela Keimyung University, atualmente mora no Brasil e se dedica às artes. Ele é autor dos livros "Antes do Amor Queimar Escarlate" e "Natal em Branco".

Instagram: @LucasZavarelli

Milton Keynes UK
Ingram Content Group UK Ltd.
UKHW040338150224
437844UK00001B/126